Niemand ist fort, den man liebt.
Liebe ist ewige Gegenwart.
Stefan Zweig

2

Manfred Müller

Nullpunkt Carrion

Roman

TWENTYSIX – Der Self-Publishing-Verlag.
Eine Kooperation zwischen der Verlagsgruppe
Random House und BoD – Books on Demand

© 2019 Müller, Manfred

Herstellung und Verlag
BoD – Books on Demand, Norderstedt

ISBN 9783740729141

Wieder geht er die schmale, gewundene Straße hinunter, vorbei an den verwinkelten Häuserzeilen im Schatten der Morgensonne, langsam, allein. Wieder nimmt er diesen unvergessenen Geruch wahr, diese Mischung aus feuchtem Staub und Stroh und Rosmarin oder Thymian, der aus der Ebene hereingeweht wird und von der Straße im Morgentau aufsteigt. Wieder sucht er zu entkommen.

Die Häuser rechts und links von ihm und soweit er die Straße hinunter blicken kann stehen, so wie er sie in Erinnerung hat, dicht aneinandergedrängt, niedrig und hoch, ein und zwei Stockwerke, zurückversetzt und vorgezogen, aber mit neuen Anstrichen von Weinrot, Bananengelb, Ockerbraun, Cremeweiß und mit Fassaden in glänzendem Klinker und Sichtmauerwerk aus roten und braunen Ziegelsteinen, protzig ausstaffiert mit Balkongittern und Stuckverzierungen und dazwischen scheue Häuschen mit bröckelndem Putz mit Stromkästen an den Außenwänden aus denen schwarze oder weiß übertünchte Kabelstränge quellen, die kreuz und quer zwischen den Fenstern verlaufen. Er versucht Anfang und Ende einer Leitung zu verfolgen und verheddert seinen Blick in diesem Wirrwarr.

Die breitkrempigen Dachvorsprünge über den Fassaden, manche an ihren Unterseiten mit Holzschnitzereien verziert, lassen diese bunte Baugesellschaft behütet aussehen; aufgereiht und dienstbereit stehen sie, zur Straße geneigt, einladend, trotz der offensichtlich verriegelten Fenster und verrammelten Türen zu dieser Morgenstunde. Überall hängen späte Geranien aus ihren Kästen an Fenstern und Balkonen, erschöpft und Petunien recken sich nach oben ausgewuchert vom langen Sommer mit letzter Kraft.

Verwundert ist er über die Unmenge von Läden zu beiden Seiten der Straße. Es scheint ihm als ruhte jedes Haus auf einem Geschäft. Damals gab es hier nur, wenn er sich richtig erinnert, eine Cafeteria genannt „Bar Central", eine Apotheke und ein Kolonialwarengeschäft in dieser einst so stillen verträumten Hauptstraße. Jetzt stößt er schon an der ersten Straßenecke an der er seinen Weg durch den Ortskern beginnt auf einen Blumenladen dessen Blumenständer und Regale leer und windschief vor dem Eingang stehen, daneben, fensterlos, eine Beerdigungsfirma wie er auf einer wuchtigen Schrifttafel liest über der Tür die aussieht als wäre sie schon lange nicht mehr geöffnet worden; daneben eine Boutique, die sich nur an den übergroßen, weißen Buchstaben auf der grauen Hauswand als solche zu erkennen gibt, weil Tür und Fenster verbarrikadiert sind und ein Haus weiter, das Café Ines, dessen einziger Rollladen herabgelassen ist;

gegenüber eine Cafeteria, aus der zu dieser frühen Stunde schon die Bässe einer Popmusik wummern. Einen einzigen Gast sieht er, der, mit einer Tasse und einer Zigarette in den Händen, am Eingang herumsteht. Er muss dicht an ihm vorbeigehen und grüßt ihn mit einem Kopfnicken und einem Guten Morgen. Der Mann hebt seine Hand mit der Tasse in die Höhe, nickt und verzieht seine Mundwinkel nach oben. Das freute ihn. Er wird freundlich wahrgenommen! Der Mann, Bauer, Landarbeiter oder vom Bau, seinem Wind-und-Wettergesicht nach zu schließen ist jünger als er; im Rücken dieses Kaffeetrinkers die Glastür zum Lokal. Durch sie hindurch erblickt er den Wirt hinter der langen Theke, der ihn beobachtet; auch er ist zu jung für ihn - er muss nicht befürchten, von beiden erkannt zu werden. Das will er vermeiden. Er will hier nicht erkannt werden und sich nicht zu erkennen geben.

Weiter geht er, die Straße abwärts, an Waren vorbei, die in bodentiefen Schaufenstern untergebracht sind oder hinter kleinen Fenstern früherer Wohnzimmer, wahrscheinlich. Er spürt die Absicht der Ladeninhaber alles zu zeigen, was sie haben ohne mit Dekoration oder Design sich groß abgeben zu wollen, möglichst viel, gestapelt hinter Glas. Vorbei geht er an Werbetafeln, Plakaten und Zetteln an Türen, Fenstern und Glaswänden. Er geht an einer moosgrünen Fassade vorbei und versucht die glänzende Messingtafel an der Haustür zu entziffern, als sie sich öffnet und ein Mann in den Rahmen tritt. Sie berühren sich beinahe. Er macht einen Schritt zur Seite, murmelt:

„Guten Morgen" und wirft einen Blick in das Schaufenster vor seinem Gesicht: Bürsten, Handschuhe, Dosen. Der Mann starrt ihn an, schlaftrunken:

„Wollen sie zu uns? Wir haben noch geschlossen."

„Entschuldigung, mich hat ihr schönes Schild hier interessiert. Sie sind Psychotherapeut?"

„Mein Sohn. Er hat hier seine Praxis, aber sie ist noch geschlossen. Ab zehn Uhr dreißig ist er für sie da."

„Nein, ich glaube ich brauche im Moment noch keinen Psychotherapeuten. Gibt es denn genügend Patienten für ihren Sohn in einem so schönen, ruhigen Ort und in solcher Umgebung? Ich denke, die Leute hier müssten alle glücklich sein oder wenigstens unbeschwert."

„Ich darf ihnen keine Auskunft über unsere Patienten geben. Das werden sie verstehen. Aber das ist auch hier nicht alles Gold was glänzt. Sie verstehen? Sie können auch ohne Anmeldung täglich ab zehn Uhr dreißig kommen. Fürs Wochenende müssten sie sich allerdings vorher anmelden."

„Wie schon gesagt, ich habe zurzeit keinen Bedarf. Es war nur ihr Schild, das mich anlockte."

„Kommen sie immer, wenn ihnen danach ist."

Er nickt mehrmals und tritt zurück und die Tür schließt sich. In diesem Moment blitzt der goldglänzende Türklopfer auf, getroffen von einem Sonnenstrahl, der wohl vom Fenster gegenüber reflektiert wurde. Die Sonne, tief im Osten, dringt noch nicht bis in diesen Häusergraben vor. Hin und wieder sieht er ihren Schein auf den höchsten Gebäudeteilen zwei, zweieinhalb Stockwerke hoch, auf dem blendenden Putz dort oben, der seinen Widerschein auf die Häuser gegenüber wirft, die dadurch leicht und heiter wirken, während ihre dunklen Nachbarn daneben noch zu träumen scheinen.

Er blickt zurück, die Straße hinauf, wo er seinen Morgengang begonnen hat. Die Musikcafeteria, mit dem Gast an der Tür und die anderen Läden verlieren sich in einem blauen Dunst. Der Streifen Himmel zwischen den Häuserzeilen ist von einem so kristallklaren Tiefblau, dass die Luft und die Schatten bis zum Boden von ihm durchdrungen sind.

Die Luft ist leicht und würzig. Er atmet sie tief ein und aus. Er will seine Lunge vom Hotelzimmermief reinigen, dem er vor kurzem entgangen ist. Ein paar Menschen sind jetzt mit ihm unterwegs: vor allem alte Frauen und Männer in Hausschuhen, geschäftig, mit einer Plastiktüte in der Hand, aus der Weißbrotstangen ragen. Sie scheinen sich alle zu kennen, so wortreich, wie sie einander begegnen. Sie sehen ihn im Vorbeischlurfen neugierig, fast freundlich an; das gefällt ihm. Er wird auch von ihnen wahrgenommen. Seine Befürchtung, ein Alter könnte sich an ihn erinnern, kommt ihm jetzt abwegig vor. Zu viele Jahre sind inzwischen vergangen.

Er hört seine Schritte auf den hellen, blauschattigen Bodenplatten, die sich zur Straßenmitte neigen und so eine Regenrinne bilden. Einen Gehsteig gibt es nicht. Die morgendliche Feuchtigkeit vom Anfang seines Wegs ist inzwischen getrocknet. Es könnte ein heißer, blauer Tag werden. Vor ihm stellt ein Mann im Overall, Waren auf den Boden, entlang der Hauswand seines Ladens: Blumenkübel, Klappstühle, Farbeimer, eine Farbentafel, Kunstblumen, Sämereien auf einem Drahtgestell, bunte Gartenfiguren aus glänzendem Kunststoff. Jedes Mal, wenn er vom Inneren auf die Straße tritt, mit neuen Sachen beladen, singt er die letzten Zeilen eines Liedes, das er wahrscheinlich im Laden begonnen hat, gekonnt, mit heller Stimme. Eine Nachbarin im Haus gegenüber legt Decken auf ihre Fensterbrüstung und beugt sich aus dem Fenster zu dem Mann hinunter:

„So lustig schon am Morgen! Noch von der Hochzeit gestern Nacht? Ich konnte kein Auge zumachen wegen des Lärms und dem Gesang die ganze Nacht hier vor meinem Fenster. Die Menschen nehmen heutzutage keine Rücksicht mehr. Hauptsache, sie haben ihren Spaß!"

„Ach, hallo Frau Nachbarin! Tut mir leid. Ich bin schon leise", sagt der Mann zum Fenster hoch und flüchtet in seinen Laden.

Seine Waren und das Haus vertragen sich nicht. Vornehm streckt es sich zwei Stockwerke hoch bis zur weit vorgezogenen Dachtraufe, deren Sparren und Balken gedrechselt und bemalt sind. Die hohen Bogenfenster und Türen mit ihrem schweren Holzwerk lassen ihn an die ehemaligen Bewohner denken, die immer fein gekleidet, mit gemessenen Bewegungen, offensichtlich voller Besitzerstolz, ihres Ansehens in der Straße bewusst, hier ein und aus gingen. Wer sie waren hat er vergessen. Sie gaben sich zurückhaltend auch ihm gegenüber. Die mit Blattwerk und Ranken üppig verzierten Balkongitter scheinen ihm altes Kunsthandwerk zu sein; wertvoller sehen sie aus, als all die Plastiksachen zu ihren Füßen. Er sieht die Fenster gefüllt mit Kartons voller Plastikblumen, die ihre Köpfe an die Glasscheiben drücken, und Kunststoffnippes und bunte Geschenkschachteln. Selbst hinter den halbrunden Türstöcken sind Schachteln gelagert, aus denen ihr Blumeninhalt quillt.

Nach ein paar Schritten kommt er zu einem Hauseingang, der ringsum mit Girlanden und Blumen geschmückt ist, die müde ihre Köpfe hängen lassen: das Haus der Hochzeiter geht ihm durch den Kopf. Nun muss er sich immer wieder an die Hauswände oder in Türnischen stellen, um Lieferautos vorbeifahren zu lassen.

Die Bar Central, die er hier irgendwo vermutet, hätte er übersehen, müsste er nicht einem Kastenwagen ausweichen und sich an ein Glastor stellen, dessen giftgüne Eisenrahmen ihn irritieren. Er schaut durch die Scheibe, mit beiden Händen die Augen abgeschirmt, und sieht in dem schwachen Licht dahinter einen tiefgestreckten Raum und in seinem Hintergrund eine wuchtige Theke und darüber, in grünen Lettern: BAR CENTRAL. An den Wänden hängen große Bilder, wie in einer Ausstellung, und darunter sind Alutische aufgereiht, auf denen Alustühle stehen wie nach einem Hausputz. Ein Gitter im gleichen Grün wie das Tor, mit goldenen Kugeln besetzt, trennt die Bestuhlung vom Mittelgang, in dem Topfpflanzen abgestellt sind; zwischen ihnen entdeckt er eine offenbar schlafende Frau. Sie sitzt in sich versunken auf einem Stuhl, halb verdeckt von einem Oleanderstrauch. Wohl von seinem Schatten an der Tür aufgeschreckt fährt sie hoch und schaut ihn mit leerem Blick an. Er hebt abwehrend seine Hand zur Entschuldigung. Er möchte hier nicht störend auftreten. Dass er wahrgenommen wird von

Leuten, die ihn früher nie gesehen haben dürften, kann ihm gefallen. Aber er will unter keinen Umständen auffallen und Gefahr laufen gar wiedererkannt zu werden.

Früher gab es keine Tische und Stühle in der alten Bar Central. Die Gäste standen am Tresen gelehnt oder im Raum, wie auf sich selbst gestützt. Viel Platz war nicht und wurde auch nicht vermisst. Das Ganze war ein Schacht aus rohem Mauerwerk, von ein paar nackten Glühbirnen beschienen. Die schwache Beleuchtung reichte aus, sein Glas zu finden und seine Gegenüber zu erkennen. In diesem Halbdunkel verbarg sich das Gerümpel ringsum oder konnte leicht übersehen werden. Hin und wieder wurden Kerzen aufgestellt, wenn der Strom ausfiel. Dann tanzten ihre Schatten an den Bruchsteinwänden. Der kleine Wirt arbeitete auch dann noch routiniert im flackernden Licht. Blind machte er die immer gleichen Handgriffe zum Zapfhahn, in die Getränkekisten am Boden, zu den Gläsern und Flaschen im schiefen Wandregal mit der bescheidenen Auswahl an Cuba Libre, Wein, rot und weiß, als Hausmarke, drei, vier Schnapsmarken. Sonst gabs nur noch Oliven im Blecheimer, den er unter der Theke hervorholte und Tüten mit Kartoffelchips im Karton auf der Thekenplatte. An eine Kaffeemaschine, Statussymbol jeder ordentlichen Bar, erinnert er sich nicht.

Da stand er oft nachdem er Anna aus dem Café Conde heimbegleitet hatte bis tief in die Nacht mit seiner Clique. Er wusste sie mochten ihn, er war gern gesehen. Sie luden ihn immer ein mit ihnen zu trinken, nie durfte er bezahlen; aber er schuldet ihnen keine großen Geldbeträge, hofft er jetzt, wo er in diesen fremden Saal späht. Wie sie aussahen und wer sie gewesen sind hat er vergessen. Sie waren alle im gleichen Alter; der Banker war älter, aber er passte sich ihnen an; nur weinte er oft, wenn er betrunken war, weil sie hier so verloren wären und vereinsamt und vergessen, wie er zu vorgerückter Stunde ohne jeden Zusammenhang von sich gab mit schwerer Zunge. Dieses Lamentieren störte sie nicht. Sie waren es gewohnt. Sie konnten ihn auch nicht beruhigen oder umstimmen. Er hörte mit seinem Gejammer von allein auf sobald er sich selbst so leidtat, dass er es nicht mehr ertragen wollte und anfing, sich zu beschimpfen, er sei selbst schuld an seinem Elend. Danach verfiel er in ein unverständliches Brabbeln, wurde still, stand steif an ihrer Seite und tatsächlich rollten Tränen über sein Gesicht, das ganz grau wurde. Da erbarmte sich immer einer von ihnen und legte seinen Arm um ihn. Er konnte das nicht, diese Nähe suchen, aber er tat ihm auch leid. Er erinnert sich so deutlich an ihn, weil er einmal festgestellt hatte er sähe wie Humphrey Bogart aus, wenn seine Augen nicht verheult waren und sein Gesicht nicht so grau wurde. Er lebte in seinen mittleren Jahren allein. Das wusste er von seinen

Klagen, keine Frau wolle ihn. Das verstand auch er nicht, denn er sah gut aus, hatte einen soliden Job und gutes Einkommen und vielleicht hätte er mit einer Frau weniger getrunken. Er hatte keine Ahnung, wo seine Wohnung lag und was er außerhalb seiner Bankarbeit trieb. Das schien das Geheimnis ihres langen, ungetrübten Zusammenhalts zu sein, dass sie sich oft am späten Abend hier einfanden, wie zufällig, zur gleichen Zeit, am gleichen Platz, aber keinen weiteren Kontakt pflegten. Begegneten sie sich gelegentlich auf der Straße grüßten sie, nickten, hoben die Hand, aber mehr als ein Hallo wurde nicht gesagt. Bevor sie aus der Bar gingen sangen sie vielstimmig und er spielte Mundharmonika dazu in freier Improvisation, bis der Wirt - er kommt nicht auf seinen Namen - die spärliche Beleuchtung einfach abstellte, denn er war zu schüchtern, um zu rufen:

„Haut jetzt endlich ab!"

Frauen sah er hier nie oder sie hinterließen keinen so tiefen Eindruck, dass er sich an ihre Anwesenheit erinnern müsste; er hatte ja auch nur Augen für Anna. Der Landarbeiter, der manchmal in ihrer Nähe am Tresen stand, gehörte nicht zu ihnen. Es gab einen ausgeprägten Standesdünkel unter ihnen, vielmehr bei den anderen. Er ahnte nichts davon, bis er einmal zu dem Arbeiter sagte, er wolle auch auf dem Feld arbeiten. Da meinte der dann würde er nicht mehr dazugehören, dann würde die Clique ihn schneiden. Obwohl die Freunde jedes Mal schräg schauten, wenn er sich zu dem Landarbeiter stellte, redete er mit ihm, der älter war und ziemlich ernsthaft und den er nie lachen gesehen hat. Er hatte ein Gesicht, das er gern betrachtete; es strömte so etwas wie Vertrauen und Teilnahme aus. Einmal sagte der Landmann zu ihm:

„Du gehst viel wandern. Ich sehe´ dich manchmal, wenn du über die Felder läufst schon von weitem. Beim nächsten Mal komm´ doch vorbei. Wir könnten was zusammen trinken!"

Nach einem langen Stehen am Tresen verabredeten sie einen Tag und einen Ort in der Ebene. Einige Tage danach traf er ihn wieder in der Bar. Der sagte:

„Du bist nicht gekommen. Ich habe auf dich gewartet. Ich habe früher mit der Arbeit angefangen, damit wir mehr Zeit hätten. Ich habe Wein und Brot und Schinken mitgebracht!"

Er war tief betroffen und beschämt. Er hatte nicht geglaubt, dass die Verabredung ernst gemeint war. Hier wurde soviel gesprochen und versprochen und nicht gehalten, an der Theke, besonders nachts! Der Landarbeiter sprach nicht mehr mit ihm. Er sah ihn nicht mehr in dieser Bar. Er ging ihm aus dem Weg. Seinen Namen hat er vergessen

Einmal wurde er zur Hintertür gewunken. Der Wirt - er kann sich einfach nicht an seinen Namen erinnern - hatte Rebhühner geschossen, was er nicht durfte, und in einem hohen Topf heimlich zubereitet; der stand auf einem Hocker mitten im Raum. Um ihn saßen bereits drei, vier Esser, die mit langen Gabeln im Fleisch stocherten. Er erkannte sie nicht. Die nackte Glühbirne, die dicht über dem Topf hing, blendete; ansonsten war es dunkel um sie. Auch er bekam eine lange Gabel in die Hand gedrückt und wurde auf einen Holzklotz zwischen die anderen gewiesen. Er sah einen Korb mit Weißbrot und mehrere Flaschen Rotwein neben dem Topf. Schweigend wurde gegessen und ab und zu ein Laut zum Zeichen großer Zufriedenheit von sich gegeben. Die Mitesser schoben ihm immer wieder besonders gute Fleischbrocken zu, wie sie sagten. Er, der kein Fleisch mochte, schon gar nicht diese schwabbelige Gehirnmasse, tat sich schwer seine Befriedigung zu zeigen.

Das war, als er längst befreundet war mit dem Wirt, ein stiller, kleiner, geschäftiger Mann und seine besten Gäste. Die hatte er in der zweiten Nacht seiner Ankunft im Ort hier angetroffen. Sie hingen schon schwer am Tresen und hörten einem Mundharmonikaspieler zu, seiner quietschenden Musik. Er bat um das Instrument und musizierte vor ihnen, die in laute Begeisterung ausbrachen. Danach gehörte er zu ihnen in der Bar Central, das heißt, wann immer er am späten Abend hier hereinkam, standen sie schon da und begrüßten ihn mit Hallo und breitem Grinsen und Schulterklopfen. Oft standen sie dann solange zusammen, bis sie die Letzten waren, die durch die schlafenden, düsteren Gassen nachhause gingen. An Straßenbeleuchtung erinnert er sich nicht. Manchmal, wenn sie noch ein Stück gemeinsamen Wegs durch die Dunkelheit nahmen, klopfte der Bankmann an das helle Kellerfenster der Bäckerei und sein Freund öffnete und reichte ihm Stangen Weißbrot auf die Straße und rief jedes Mal das gleiche von unten herauf:

„Anständige Leute schlafen oder arbeiten jetzt, und ihr Saufköpfe habt nichts anderes zu tun, als sie zu stören", und lachte.

Ihr Freund nahm das Brot entgegen, brach es sofort und verteilte es unter ihnen und sie aßen die heißen Stücke auf der kalten Straße bevor sie sich endgültig trennten. Den Gang danach, allein durch die dunklen, schweigenden Gassen, bei dem der Wind aus dem Osten zu seinem einzigen Begleiter wurde und er die schlafenden Menschen hinter den schemenhaften Hausfassaden fühlte, in ihrer nächtlichen Wärme und Geborgenheit, und er, der Einsamste, Verlorenste und Größte war. Diesen Gang hätte er nicht ertragen ohne den Wein in sich und ohne den Blick nach oben zur Milchstraße, zu diesem überquellenden Funkeln in den klaren Nächten der Hochebene, wo er sich dem Himmel näher fühlte, manches

Mal. Wenn er dann in sein Zimmer im Kloster angekommen war, durch das Eingangsportal, das eigens für ihn angelehnt stand, und sich im Kalten und Dunklen entkleidete und seine Sachen auf den einzigen Stuhl ablegte und dann unter die dicke Wolldecke seines Betts kroch und noch dem Wind zuhörte, der draußen pfiff, wimmerte und ächzte, dann fühlte er etwas, wie nie zuvor, das vielleicht Glück war, überlegte er.

Er hat ihr Aussehen, ihre Gesichter, ihre Namen, ihre Herkunft, einfach alles vergessen.

Susanne hatte immer zu ihm gesagt:

„Das kommt davon, weil du dich für die Menschen nicht wirklich interessierst."

Er antwortete dann:

„Nein, es liegt an meinen Augen. Ich schaue nie richtig hin."

Er wendet sich ab vom Glasportal dieser modernen Bar. Seine Erinnerungen und das, was er jetzt hier vorfindet, passen nicht zusammen, ebenso wie auf seinem weiteren Gang: wo sich einmal ein ruhiges Wohnhaus an das andere anlehnte, da geht er jetzt von einem Geschäftsgebäude zum nächsten: ein Finanzberater, ein Schreibwarenladen, ein Gemischtwarenhandel, Metzger, Bäcker, Friseur, Juwelier, Korbverkauf, Kleider, Schuhe, Küchenwaren und so fort.

Zwischen zwei fein renovierten Apotheken mit weißem
Stuck um Fenster und Türen und grünlackierten Fenster-
rahmen und Zierrat überall, eingezwängt die kleine, ro-
manische, bräunliche Kirche: heller, als in seiner Erinnerung, sauberer kommt sie ihm vor, aber auch gedrunge-
ner. Das Rundportal vor ihm, darüber ein Figurenfries
entlang der Stirnwand und schon der breite Dachvor-
sprung: sie ist niedriger als manches Haus hier und niedriger als die zwei Apotheken, die sie von beiden Seiten
bedrängen. Er schaut hoch zum Fries und erkennt Gottvater in hellem Sandstein: breitbeinig und barfüßig sitzt
er mit seinem Faltenrock im Kreis von Engel, Adler,
Löwe und Stier, die sich dicht an ihn schmiegen, vielmehr an einen Rosenbogen, der um ihn gewunden ist.
Er streckt seinen schön ziselierten Kopf aus der Rückwand, zu ihm nach unten geneigt; aufgereiht zu seinen
beiden Seiten, zwölf Männer in langen Gewändern, von
denen nur noch fünf ihre Köpfe behalten haben, und ihm
scheint, als wollten einige wieder in die Steinwand zu-
rücktreten, so verwittert wie ihre Körper sind.
Drinnen hatte er manche Messe mitgefeiert. Nein! In
Nähe des Ausgangs stehend, eine passende Gelegenheit
zum vorzeitigen Weggehen abwartend. Dann war er
durch die sonntäglich menschenleeren Gassen, am Spalier der gelb, in den blauen Himmel lodernden Pappeln
vorbei, ein Stück in die Ebene gelaufen und hatte seine
Sonntagsgedanken hinausgetragen in die blaue Luft und

kam zum Ende der Feier zurück und mischte sich unter die Menschen vor der Kirche und auf dem Platz. Freunde machten lachend Bemerkungen, dass er, während andere brav in der Kirche saßen, sich traute über die Äcker zu spazieren; aber das störte ihn nicht. Manchmal ging er werktags in die dämmrige Halle, setzte sich in eine der Bankreihen und hörte in die kühle Stille. Die Leere und die Rundbögen und das schwere Mauerwerk machten ihn sanft und er dachte, es würde schon alles gut werden und meinte sein neues Leben in dieser fremden, kleinen Stadt.

Jetzt, vor diesem Portal, denkt er es sei ein guter Anfang für seinen Gang in die Vergangenheit sich kurz in die Kirche zu setzten. Das blechbeschlagene Kirchentor ist verschlossen. Es gibt keinen Türgriff und keinen Seiteneingang. Er sucht einen Aushang, einen Hinweis auf die Öffnungszeiten und entdeckt stattdessen eine Inschrift aus Metalllettern an der Außenmauer: MUSEUM SANTIAGO; die Kirche ist ein Kunsttempel geworden! Da hat er keine Lust mehr; nicht einmal die Steinfigürchen im Portalbogen will er noch betrachten. Er wendet sich ab und geht die paar Stufen hinunter auf die Straße. Hier ist ihre schmalste Stelle. Sie zwängt sich zwischen den Stufen des Kirchenportals und einem herrschaftlichen Hauskasten hindurch. Der steht hoch aufgerichtet im weißen und gelben Putz mit zwei prächtigen, schwarzen Balkonfensterreihen und Mansarden und, zur Straße hin, mit hohen holzgerahmten Bogenfenstern hinter denen er Bankschalter, Geldautomaten und ein paar Personen erkennt. Dieses Herrenhaus erdrückt das Kirchlein beinahe. Die Morgensonne scheint auf die obere Hauspartie. Ihr Putz dort leuchtet und wirft seinen Lichtschimmer zu Kirchenfassade und Turm, der dadurch leicht und luftig wird und im flirrenden Himmelblau zu schweben scheint. Mit seinem kahlen, viereckigen Dastehen ist er entrückt dieser lockeren, bunten Konsumwelt zu seinen Füßen.

Er denkt an das Abendessen an Silvester, zu dem er damals in dieses Haus geladen war. Er kannte die Leute nicht, nur ihren Sohn, der nicht teilnahm, weil er verhindert sei, weil er bei seiner Verlobten in deren Familie feierte, wie sie im Laufe ihres Abends, mit offensichtlichem und für ihn unverständlichem Stolz berichteten. Er war den Umgang mit solch feinen, wohlhabenden Bürgern nicht gewohnt und erschrak, als ein Hausmädchen ihm die Tür öffnete und zu dem Ehepaar führte, das wartend wie auf einen hohen Gast, im Zimmer stand. Der Saal, in dessen Mitte sie dann zu dritt aßen, war voll edler Dinge. Er hatte den Eindruck, er würde nur zu besonderen Anlässen genutzt, so neu und geordnet erschien ihm alles. Er erinnert sich an einen Marmorkamin mit ausladendem Sims, der von zwei nackten, weiblichen Säulenfiguren getragen wurde, die er während des Essens immer im

Blickfeld hatte, sobald er zwischen den beiden Gastge-
bern hindurchschaute. Ihre weiße, dralle, glattpolierte
Nacktheit, neben dem Gesicht seiner Tischdame verwirrte ihn. Er erinnert eine hochglänzende Anrichte mit
goldenen Beschlägen und darüber einen Wandspiegel im
goldenen Barockrahmen, der so von der Wand hing, dass
sich die Tischgesellschaft darin spiegelte. Wenn er während des Essens den Blick hob, sah er sich darin, schräg
von oben, wie einen Fremden. Da waren ein ebenfalls
hochglänzender Holzboden und, entlang der Wand und
um ihre Tafel, mit rotem Samt gepolsterte Stühle mit
holzgeschnitzten Rückenlehnen, auf denen er aufrecht
und steif sitzen musste. Und die drei hohen Bogenfenster
waren mit dicken, grünen Samtvorhängen bedeckt. Der
Hausherr führte ihn nach seinem Eintreten zum Fenster
und nahm einen der Vorhänge zur Seite und zeigte mit
einer großen Geste, als wäre dies sein Werk, auf den Figurenfries der Kirche, zum Greifen nahe vor ihnen, in
Höhe ihrer Augen, vom Licht aus dem Saal in ihrem Rücken erhellt, denn die Straße lag schon im Dunkel. Sie
sahen Gottvater von oben auf seinen haarigen Scheitel. In
der Deckenmitte über ihrem Tisch war ein mächtiger
Kronleuchter, der in den Regenbogenfarben funkelte und
den Raum sehr hell ausleuchtete. Trotzdem brannte ein
mehrarmiger Kerzenständer inmitten des runden Tisches.
Auf den ersten Blick verwirrten ihn die Menge und An-
ordnung der Gläser, des Geschirrs und Bestecks, was um

den Leuchter herum drapiert war. Er redete sich ein, das reiche, überfeine Mahl läge ihm nicht und vertrüge sich nicht mit seiner kargen Kost im Kloster an die er sich inzwischen so bereitwillig gewöhnt hatte. Er trank viel Wein. Der Hausherr und seine Frau, die festlich gekleidet waren, gaben sich Mühe mit ihrem Gast in seinen Alltagskleidern. Das Hausmädchen sollte ihm immer wieder von den vielen Gängen den Teller füllen und Wein nachschenken. Er wurde immer wieder gedrängt zuzulangen, vom Hausherrn und seiner sehr blonden Frau, die zum Abschluss des Essens eine Schallplatte auflegte und ihn zum Tanzen aufforderte, weil ein solcher Abend nur mit einem Tanz abgeschlossen werden dürfte, wie sie verführerisch - meinte er - lächelnd sagte.

Er hatte den Eindruck, das war so abgesprochen zwischen dem Ehepaar, denn bevor die Frau aufstand wechselten beide vieldeutige Blicke miteinander und ihr Mann nickte bedächtig. Er war im Tanzen ungeübt, besonders bei einer so viel älteren und schönen Tänzerin, die so viel Rot auf ihren Lippen trug und im Rauschgold ihrer Kleidung schwer anzufassen war. Die Musik war gewichtig im Takt und glich einem Marsch. Ein Schreittanz dachte er erleichtert, denn seine Füße fanden eine einfache Tanzfigur, die er brav absolvierte. Der Hausherr, wuchtig und weit älter als er, schaute ihnen zu und lachte ab und zu. Dann erhob er sich und verließ das Zimmer. Die Frau nahm seine Hand von ihrer Hüfte und legte sie eng in ihren Rücken. Ganz nahe an seinem Ohr flüsterte sie, während er versuchte, sie im Takt hin und her zu schieben und dabei befürchtete, sie könnte sein Ohr mit ihrem Lippenrouge färben:

„Du gehst mit dieser Studentin Anna, nicht wahr? Sei kein dummer Junge. Was willst du mit so einem jungen Ding? Im Ort warten viele ältere und erfahrene Frauen nur auf dich."

Er antwortete nicht. Er nahm ihre Hand und drehte die Frau im Kreis. Ihr Mann, der zurückkam und, so fühlte er, schon länger an der Tür gestanden hatte, kam zu ihnen und sagte zu seiner Frau gewandt:

„Was meinst du, wir sollten unseren Gast nicht länger aufhalten. Er wollte doch noch zu seinen Freunden zum Silvesterball gehen. Es ist spät. Sie warten sicher schon auf ihn."

Ansonsten kann er sich an ihre Unterhaltung im Einzelnen nicht erinnern. Nur diese beiden Sätze sind ihm im Gedächtnis hängen geblieben und ihr Klagen über die Kulturlosigkeit und Abgeschiedenheit, der sie sich hier ausgesetzt fühlten. Ihr Mann hatte ein Firmenauto und einen rostigen Lastwagen und der Bankleiter ein schwarzes Auto; das waren damals die einzigen Fahrzeuge im Ort. Sie sagten, sie seien von der Außenwelt abgeschnitten und vergessen. Einmal in der Woche fuhr ein Bus eine

Stunde in die Hauptstadt und am Abend zurück. Sie sagten, sie lebten hinter dem Mond. Viel später erfuhr er, warum er bei ihnen eingeladen war: Der Frauenkreis des Ortes war um ihn besorgt und hatte über die Frage gestritten wie er die Feiertage verbringen sollte; die Angesehenste unter ihnen war die Siegerin, eben seine Gastgeberin.

Mit wenigen Schritten kommt er von seinen Erinnerungen weg auf den Rathausplatz. Das Herrenhaus überragt alle anderen Gebäude in diesem weiten, schrägen Viereck vorm Rathaus. Er freut sich alles wiederzuerkennen und scheinbar unverändert vor sich zu sehen. Nur bunter und lustiger ist´s geworden, denkt er: drüben, das Sonnenblumengelb des Restaurants Carmen, das Orangerot der Bar Conde schräg vor ihm, und das Weißgelb des Herrenhauses daneben glühen in der Sonne. Zeitlos, farblos und würdig nimmt der langgestreckte, niedrige Bau des Rathauses die ganze Breitseite des Platzes ein als breitete er die Arme aus, um diese bunte Häuserhorte um sich zu scharen und sie nicht in den über ihnen so weitgespannten, tiefblauen Himmel zu verlieren. Er fühlt die warme Sonne auf seinem Rücken, klamm noch vom Gang durch den Straßenschatten und atmet befreit die blaue Luft ein. Der Platz ist neu geordnet stellt er dann fest, mit Poltern, Bänken, Blumenschalen, Wegmarkierungen; ab und zu fährt ein Auto auf den Bodenlinien quer über ihn und verschwindet in einer Senke rechts vom Rathaus in Richtung des Flusses, wie er sich erinnert. Ein paar Leute bewegen sich über den Platz oder sitzen auf den Bänken in der Sonne, während die hellen Alustühle vor dem Café Carmen leer sind.

Damals war der ganze Platz leer. Er stand an der Gleichen Stelle im Regen, im Wolkenbruch. Er konnte das Lokal, auf das der Fahrer gezeigt hatte, hinter diesem Wasservorhang kaum sehen. Er zerrte seine Reisetasche aus dem Auto. Der Fahrer sagte:

„Hier lasse ich dich raus. Ich muss heut´ noch weiter. Da kannst du billig übernachten. Das ist kein schlechter Ort."

In den wenigen Schritten zur Tür war er durchnässt. Grelles Neonlicht empfing ihn und ein lautes Stimmengewirr in einem dampfend warmen Saal, in dem er sich sofort wohlfühlte. Die ältere Frau hinter dem Tresen blickte misstrauisch auf als er sie um ein Zimmer bat. Sie wollte wissen für wie lange.

„Für eine Nacht" und, als er ihren Blick sah, „besser für zwei oder drei."

Er hatte ja keinen festen Plan für seine Reise damals. Er hatte sich nur eine vage Route ohne Aufenthaltsorte ausgedacht. Er wusste nur, dass er bald weiterziehen wollte, immer weiter, voll Unrast wie er war. Unterwegs sein, das war sein Plan!

Sie gab ihm einen Schlüssel und erklärte den Weg in den zweiten Stock. Das Zimmer war klein und spärlich eingerichtet, hatte aber ein Balkonfenster; das gefiel ihm. Er zog seine nassen Sachen aus und legte sich aufs Bett. Er war erledigt nach dieser langen Fahrt in dem holprigen, engen Auto mit dem unaufhörlich redenden Fahrer und dem immer gleichen, grenzenlosen Blick aus dem Fenster. Er fühlte, sie würden jetzt gleich ans Ende der Welt kommen. Die Zeit hatten sie längst irgendwo hinter sich verloren. Das mürrische Brummen des Motors, der Benzindunst in ihrer Kabine, die eintönigen Selbstgespräche des Fahrers, ließen seine Augenlider immer wieder zufallen. Er bemühte sich dem Mann am Steuer seine Aufmerksamkeit zu zeigen, aus Höflichkeit und Dankbarkeit, hatte er ihn doch mitgenommen, als er am Straßenrand stand und ihm zuwinkte.

Auf dieser endlos geraden Straße durch die Hochebene, mit ihren abgeernteten Getreidefeldern zu beiden Seiten, war der Himmel wolkenlos und die Sonne brannte ins Auto. Nur sehr fern sahen sie eine Wolkenbank über dem Horizont, schwarz am Boden und darüber aufgetürmt gewaltige Kumuluswolken. Ihre Straße führte geradewegs in sie hinein. Der Fahrer unterbrach seinen Redeschwall als er seine besorgten Blicke sah und sagte, sie kämen noch trocken in den nächsten Ort. Aber rasch war es dunkel. Wassermassen wurden über sie geschüttet und krachten auf das Autoblech, und Blitz und Donner waren ringsum. Er wunderte sich, dass der Fahrer noch sehen konnte, denn der fuhr schnell, anscheinend unbeeindruckt von diesem Unwetter, weiter, bis er abrupt anhielt und ihn aussteigen ließ, im Wolkenbruch, auf diesen Platz, vor langer Zeit.

Jetzt geht er aufgewärmt von der Sonne in dieses Lokal, Restaurant Café Carmen, feierlich ist ihm zumute: hier fing alles an! Seine erste Nacht in diesem Ort und die vier, fünf weiteren Tage und Nächte, die folgten, in denen er sich entschloss für einige Zeit zu bleiben, teils von den Jungs an der Bar gedrängt, die fragten, wo er denn so eilig hin wollte, ob es ihm bei ihnen nicht gefiele, teils von dem Städtchen und seiner Natur mehr und mehr angezogen; aber entscheidend war die Begegnung mit Anna.

Die zwei Stufen hinunter in den Gastraum hat er vergessen und stolpert und fängt sich am Tresen gleich am Eingang. So hat er die Stätte nicht in Erinnerung! Sie ist schmal und niedrig und nur mit drei Tischen zugestellt, an denen zwei Männer sitzen und ihre Gesichter zu ihm wenden.

Er sieht nur ihre Schattenbilder vor dem hellen Fenster in ihrem Rücken, wo der Rathausplatz im gleißenden Sonnenlicht blendet. Ihnen gegenüber, hinter der Theke, entdeckt er einen kleinen, dunkelhäutigen Jungen der ihn anschaut. Er wartet auf den Wirt oder die Wirtin, vergeblich. Der Junge nimmt seinen Blick nicht von ihm. Da fragt er ihn nach einem Milchkaffee. Der dreht sich sofort zur Kaffeemaschine und hantiert mit Geschicklichkeit an dem Automaten, zu dem er sich hochstrecken muss, um die oberen, blau blinkenden Knöpfe zu drücken. Er schaut wieder zu den beiden Männern. Sie haben Bier vor sich stehen und schweigen. Der Junge stellt wortlos die Tasse bei ihm ab und steht wie zuvor bewegungslos. Von draußen dringen keine Geräusche herein. Fliegen sind auf der weißen Marmortheke beschäftigt. Sie scharen sich um Flecken aus Zucker oder Saft und landen immer wieder auf seiner Hand, mit der er die Tasse hält. Die beiden Ventilatoren an der Decke stehen still. Die Rückwand der Theke ist mit Flaschen bedeckt von denen einige im Sonnenreflex bunt leuchten. Dazwischen liegt die offene Tür zur Küche; auch in ihr ist Stille. Er sieht ab und zu ein Auto über den Platz fahren, geräuschlos. Der dunkelhäutige Junge hinter der Theke weiß nichts zu tun. Er hat seine Arme auf die Thekenplatte gelegt, seinen Kopf aufgestützt und schaut zum Fenster. Die beiden Männer sitzen zusammengesunken vor ihrem Bierglas. Er kann nicht erkennen ob sie schlafen. Er sieht sie ja nur als

Schattenrisse. Er will sich nicht an den freien Tisch setzen zu ihnen. Er will in kein Gespräch mit ihnen verwi-
ckelt werden. Er will bald weitergehen. Er fühlt sich hier
als wäre er in ein fremdes Wohnzimmer geraten. Er ist
voller Unruhe. Er hat noch einen langen Weg vor sich,
heute. Er hatte erwartet, hier im Café diese frühere Atmosphäre zu finden, diese heimelige Wärme, diesen wohli-
gen, fremden Küchenduft. Er hatte sich gewünscht wieder anzukommen, sich heimisch zu fühlen, einer von
ihnen zu sein, wie damals. Er wird das an anderer Stelle
finden. Es gibt noch viele Plätze, an denen er zuhause
war. Er wird wieder ankommen und alles wird so werden,
wie er sich das ausgedacht hat, vor seiner Abreise.

Dieses Mal ist er nicht so langwierig und mühsam
hierher gelangt: Der Flug, die Bahn und das Taxi und ins-
gesamt in wenigen Stunden von einer Welt in die andere!
Es ist kein Ankommen gewesen, nur ein Ortswechsel.
Wie im Film: Schnitt und ein Neues! Dieselbe Person in
anderer Umgebung. Wie im Traum: ein plötzlicher Wech-
sel der Szenerie, er ist der Gleiche geblieben. Die allmäh-
liche Veränderung des Lichts, der Farben, der Gerüche
und Geräusche und der Landschaft seines langen Reise-
wegs damals und das Staunen über immer neuere Dinge
und das Zurechtfinden in diesem ständigen Ankommen
und Weggehen, um sich dabei nach und nach selbst zu
verändern, das alles ist ihm diesmal entgangen. Er ist der

Alte geblieben. Es gab keine Zeit zur Anpassung und Veränderung. Nicht wie damals war es, als er mit zunehmender Entfernung von Zuhause immer leichter, befreiter atmen konnte, sondern ihm war diesmal, als verlöre er gänzlich seinen Halt, als wäre Susanne nicht nur aus seinem Leben, sondern auch aus seinem Kopf verschwunden.

Es war Dunkel als er im Hotel ankam, gestern, und dortblieb und unruhig in seinem Zimmer saß und sich immer wieder fragte, was er nun hier sollte. Erschreckend fiel ihm ein, er hatte nur an das Davonlaufen gedacht, aus dieser gegenwärtigen Grausamkeit heraus, zurück in die behütende Vergangenheit, aber nicht an diese abweisenden, fremden Wände. Dieses Hotel war ihm neu. Er wusste nicht, wohin er geraten war. Er konnte sich nicht orientieren. Das Taxi fuhr auf einer neuen Autobahn, im letzten Tageslicht, meist zwischen hohen Böschungen, die ihm den Blick in die Ebene verwehrten, bis zu einer Ausfahrt, wenige Minuten vor diesem Hotel. Da war die Sonne schon hinter den hohen Ulmen am Eingang verschwunden. Nur gut! Er hat seine Erinnerungen mitgenommen: Die alten vom Ort, die, die er immer gehütet hat, die vielen Jahre über. Die ihm geholfen haben, miese Zeiten zu durchstehen. Die ihm vor Augen führten, wie das Leben auch sein kann, wenn er sie manchen Widrig-

keiten entgegenhielt. Mitgenommen hat er auch seine Erinnerungen ihres langen, gemeinsamen Lebens; sie waren ihm nicht nur Erinnerungen, sie wurden ihm zu
Fluchthelfern aus der Gegenwart. Er wird alles an seinen
alten Plätzen ausbreiten und sich darin einrichten, und es
wird wieder sein wie damals. Wie es einmal war und wie
es nie mehr sein wird, das lässt er nicht gelten. Zurück
geht er in seine Vergangenheit. Die Gegenwart, da meint
er die letzten Tage und Wochen oder sind es schon Mo-
nate, interessiert ihn nicht; die ist grausam zu ihm gewesen; die wird er hier vergraben, aber nicht im Café Carmen. Er lehnt am Tresen und will nicht bleiben und will
nicht gehen. Die Stille, die Bewegungslosigkeit und die
abgestandene Luft lähmen ihn. Er erwartet, dass etwas
geschieht: der Junge würde sich bewegen, einer der Bier-
trinker fiele, gänzlich eingeschlafen, vom Stuhl, die beiden Ventilatoren fingen an sich zu drehen und die Luft
durch den Raum zu wirbeln, die Wirtin oder der Wirt kämen nun doch aus der Küche herein oder die Tür ginge
auf und Gäste polterten die Stufen herunter. Nichts der-
gleichen! Zurück in die Vergangenheit: über ihm im
zweiten Stock lag das Zimmer das er zunächst für zwei
bis drei Nächte gemietet hatte, damals nach der Ankunft
im Wolkenbruch.

Die Luft war stickig im Zimmer von der Hitze jenes Tages, vor dem Regen. Er stand vom Bett auf und öffnete die Balkontür. Da war kein Balkon, nur ein Sims auf die Blumentöpfe standen mit Geranien und einem Ziergitter. Es hatte aufgehört zu regnen. Die Sonne funkelte in den Straßenpfützen unter seinem Fenster und leuchtete gleisend auf den nassen Klinkersteinen der Hausfassade gegenüber. Von der Straße stieg eine nach Staub und Pflanzen duftende Feuchtigkeit hoch bis in sein Zimmer. Er sah vom Fenster aus der Kirche, auch das gelbweiße Herrenhaus, wenn er sich über die Balkonbrüstung beugte, und konnte in die Wohnung der anderen Straßenseite schauen, in ein Wohnzimmer, in dem niemand war. Zurück auf seinem Bett fühlte er sich angekommen - fürs Erste. Er dachte an Karl, der ihn mit dem Auto seiner Schwester bis zur Ausfallstraße gefahren hatte. Ab hier wollte er trampen, was er noch nie gemacht hatte. Er war aufgeregt. Seine Reisetasche, die er auf den Schultern tragen musste, war viel zu schwer für einen langen Fußmarsch, falls er Ortschaften durchqueren sollte, denn meist würde man am Ortsanfang abgesetzt und am Ortsende aufgenommen werden, wie ihm erzählt wurde. Er hatte es nicht Karl und niemandem gesagt, aber der Freund ahnte wohl sein Vorhaben lang wegzubleiben, wohl sehr lang vielleicht, denn er machte etwas, was er n och nie gemacht hatte, er umarmte ihn vorm Wegfahren, kräftig, anhaltend. Vor dieser Umarmung wusste er, ein langer Abschied wird es werden, nun empfand er es auch, zum ersten Mal. Nichts wie weg, dachte er. In Erwartung, mit zunehmender Entfernung von seiner Stadt, die Enge und Auswegslosigkeit und den Druck des Alten, etwas aus sich zu machen, zu erreichen, an die Zukunft zu denken, zu planen, etwas zu werden, diesen Wust in ihm, endlich, endlich loszuwerden. Er ahnte, ja er wusste, je weiter er sich entfernte, desto freier würde er atmen und ein ganz neues Leben anfangen können, in seiner neuen Welt. Er würde die Vergangenheit ablegen können, nicht vergessen wollte er sie, aber nicht mehr mit ihr leben müssen, wie mit einem Klotz am Bein. Das dachte er immer und immer wieder, bis er überzeugt war, das sei der richtige Weg für ihn. Sein Vater soll recht behalte, mit seinen ständigen Prophezeiungen:

„Aus dir wird mal nie etwas werden."

Er wollte nichts werden, zumindest nicht das, was der Vater, Kriegsveteran, von ihm erwartete, verlangte, fordert und mit ihm, die ganze Nachkriegsgesellschaft um ihn, die nur im Kopf hatte, etwas zu werden, zu sein und zu haben. Mit beiden Beinen sollte er auf dem Boden stehen. Den Realitäten ins Auge sehen sollte er, nicht diese Traumtänzerei betreiben, einem anständigen Broterwerb nachgehen. Ein Mann sollte er werden und endlich erwachsen!

„Das Leben ist kein Zuckerschlecken. Lehrjahre sind keine Herrenjahre. Solange du deine Füße unter meinen Tisch stellst tust du das, was ich sage."

Geschlagen wurde er nie, weil sein Vater selbst zu Hause grün und blau geprügelt wurde mit dem Stock und mit dem Besenstiel, aber gezüchtigt wurde er auf andere Art, gedemütigt, lächerlich gemacht; wenn er die Tränen manchmal nicht mehr zurückhalten konnte hieß es:

"Du wirst nie ein Mann werden; ein Mann weint nicht!"

So wie der Vater selbst erzogen wurde, in Zeiten des Ersten Krieges, und wie er, hart, den Zweiten durchstand, so gab er es weiter an seinen Sohn. Er wusste es nicht anders. Armer Vater! Krieg in Jugendjahren und Krieg im blühenden Mannesalter mit fünfzig Jahren kam ihm der Vater wie ein alter Mann vor; aber da begann er mit dem Erwachsenwerden und verstand den Vater nicht und der nicht ihn. Sein gewaltiges Gefühlsleben, das herausdrängte und Gestalt annehmen wollte, wurde missachtet, mit wegwerfender Bewegung abgetan, spielte keine Rolle. Er musste es ersticken oder er selbst daran ersticken, oder davonlaufen.

Er hatte seine Dinge geordnet und die paar Sachen verkauft, des Gelds wegen, aber auch, um Ballast abzuwerfen. Er hatte in der Fabrik am Fließband gearbeitet, zur Finanzierung seiner Reise. Er hatte sich von niemandem groß verabschiedet; auch nicht von ihr. Was war er ihr nachgelaufen, mit klopfendem Herz! Ihr blondes, ewig lächelndes Gesicht erschien, für Momente, vor seinen Augen. Ihre Augenfarbe hatte er schon jetzt vergessen. Sie würde ihn ehe kaum vermissen! Er hatte kein gutes Gefühl bei diesen Gedanken; aber für ein neues Leben ins Ungewisse braucht man Härte, hart wie ein Kiesel musste er werden. Am besten alle würden ihn schnell vergessen! Dann würden sie ihm nicht nachtrauern und er hätte kein schlechtes Gewissen.

So oder so ähnlich sinnierte er auf dem Bett, in seinem neuen Zimmer, in dem fremden Ort. Seiner Mutter wollte er immer von überall schreiben, nur Gutes. Sie durfte nie auf den Gedanken kommen, er wolle sie vergessen. Ihr hatte er gesagt:

„Für ein paar Wochen, solange das Geld halt reicht. Dann geht's frisch weiter."

Der Mutter wollte er nicht weh tun, besonders nicht beim Abschiednehmen. Ob sie auch seine Absicht durchschaute?

Mit der Zeit wollte er ihr alles erklären. Zunächst musste er sich ja selbst mal klarwerden, wie das alles werden könnte. Wenn es ihm dann wirklich mal gut ginge, würde sie ihn verstehen. Sie hat immer zu ihm gehalten. Sie hing sehr an ihm; und je weiter ihr Mann sich von ihr entfernte, desto enger lehnte sie sich an ihn. Sie hat ihm ihr Leid geklagt, ein Erwachsenenleid dem Heranwachsenden, während ihren gemeinsamen Spaziergänge, Arm in Arm eng verbunden, mit ihrer warmen, einschmeichelnden Stimme, der er lauschte, aber nicht alles verstand, was sie ihm erzählte, in Andeutungen. Er spürte ihre Freude, mit ihm allein zu gehen und zu reden, in ihrer ungeübten Sprechweise, denn sie war eine schweigsame Frau. Oft hatte er sich gewünscht, ihre Gedanken zu erfahren, wenn er sie dasitzen sah, versunken, entrückt. Er fragte, aber sie sagte nur:

„Ach nichts! Ich denke an früher; da war alles schöner und leichter."

Ihr Leben mit der Vergangenheit! Sie wird ihn vermissen. Sie wird traurig sein über sein Wegbleiben, über seine Unaufrichtigkeit. Aber was hätte er ihr sagen sollen? Er fuhr ja ins Ungewisse, ins Blaue hinein.

Hier im Zimmer, auf dem harten Bett, ausgestreckt die müden Glieder, in der feuchten, würzigen Luft, die von der Straße hereinkam, fand er sich geborgen, nach den - in Gedanken fuhr er die Strecke ab - sieben Reisetagen. Diese Autostopp-Sache lief doch weit besser, als er anfangs befürchtet hatte! Die so schwere Reisetasche, an deren Gewicht er sich zunehmend gewöhnte, geschultert, durchlief er Städte und Ortschaften, wenn er an einem Ende ausstieg und am anderen Ende einsteigen wollte oft mehrere Stunden lang. Er solle sich immer sauber und ordentlich aufstellen wurde ihm von erfahrenen Trampern geraten. Das schien der Grund zu sein, denn er wartete meist nur wenige Zeit an den Ortsenden, nur einmal, auf dieser elend langen Strecke, in der schattenlosen Sonnenhitze. Selten fuhren Autos vorüber; keines hielt bei ihm an, bis auf einen roten Sportwagen, der erst vorbeisauste, dann schrill abbremste und zurückkam, rückwärtsfahrend. Der Fahrer, im offenen Wagen, blonde Haarmähne und tiefbraun gebrannt, schaute ihn lange wortlos an und winkte ihn auf den Beifahrersitz. Seine Reisetasche stemmte er auf die schmale Rückbank. Wortlos auch startete er mit einem aufdröhnenden Motorengeräusch.

Wie im Film, dachte er, wie im Film, immer wieder. Sicher war der Fahrer ein Playboy, wie er sie in Illustrierten und Kinofilmen gesehen hatte, die als neue Gestalten in den Medien auftauchten. Älter waren sie als er, von anziehendem Äußeren, blendend schön oder großartig hässlich, offensichtlich reich, steinreich, drahtig, extravagant, weltgewandt, charmant, Herzensbrecher, aufgelegt, die Gesellschaft auf den Kopf zu stellen, umgeben von einer bis mehreren Schönheiten, mit Yacht oder Bungalow oder feudalem Landsitz an der Seite. Sie erschienen meist an den Plätzen der High Society: Monaco, Cote d´Azur, Miami und Sylt. Er hatte sie gesehen, in der Tagesschau, ein quirlender Strom lachender, küssender, aufgeplusterter Menschen fiel ein, in ihrer Mitte, der strahlende Held. Sie waren ihm bunte Paradiesvögel, in der mausgrauen Spießergesellschaft, seiner Zeit: Verwirklichung der Träume etablierter Bürger und seiner eigenen.

Allmählich machte der Fahrer den Mund auf, vielleicht Franzose, und gab ein paar englische Sätze von sich. Soweit er sein Kauderwelsch verstand war dieser die Nacht durchgefahren, am Ende mit allem, den immer gleichen Leuten, mit dem immer gleichen Getue und Gerede, hohl, leer, tödlich gelangweilt sei er, sinnlos sei alles, er möchte Schluss machen. Aber zunächst wollte er an die Küste, wo er ein Hotel wusste; ihn könne er bis dorthin mitnehmen. Ansonsten redete der lebensmüde

Fahrer wenig, auch als er sich mühte, ihn auf andere Gedanken zu bringen, dem Fahrer und sich zuliebe, damit er
nicht auf den Gedanken käme, sein Vorhaben unterwegs
im Auto mit ihm zusammen umzusetzen. So bewunderte
er sein tolles Sportfahrzeug, die Landschaft, seine Freiheit ans Meer zu fahren wann immer er wollte, seine offenbar grenzenlosen Möglichkeiten, sein beneidenswer-
tes Aussehen und so weiter. Der Fahrer brummte ab und
zu, zustimmend oder ablehnend, das konnte er nicht her-
aushören. Er beobachtete ihn von der Seite: konzentriert
blickte er auf die Straße. Sein strähniger Wust an Haaren
war eng um die Stirn gesetzt und flatterte im Wind, auf-
fallend sein großes, kantiges Kinn und die Hackennase,
die, wie bei Belmondo, der Oberlippe so nahekam, dass
sie etwas aufgeworfen war.

Er sah für ihn nicht schön aus, aber außergewöhnlich,
großartig. Er strömte eine kühle Abwehr aus wie er so auf
die Strecke starrte; Ein einsamer Mann, nicht aus Selbst-
liebe, sondern als Schicksal, so glaubte er, ihn durch-
schaut zu haben und fühlte sich ihm verbunden, seelen-
verwandt, dachte er. Aber das passte alles nicht in das
Bild, das er von einem Playboy hatte, als einen Gesell-
schaftsmenschen, Mittelpunkt des Vergnügens und der
Gaudi. Ob er tatsächlich am Ende war? Er wirkte nicht
auf ihn, als wollte er sich umbringen. Mit solchen Gedanken beruhigte er sich selbst. Seinen Namen, glaubte er,

auf dem Messingschild am Armaturenbrett abzulesen:
Morgan Green. So nannte er ihn in seinen Erinnerungen.
Später erst wusste er: das war der Markenname des roten
Sportwagens.

So jagten sie im warmen Fahrtwind dem Meer entgegen. Natürlich war er aufgeregt; er sagte sich: das ist das
neue, ganz große Leben. Das hätte ich nicht gedacht, ihm
so schnell zu begegnen: frei sein von allen bürgerlichen
Zwängen und Forderungen, immer tun, was man für richtig hält, niemand schreibt dir etwas vor. Zwar bist du allein, einsam vielleicht sogar, aber frei. Wann immer du
willst trinkst du ein eisgekühltes Glas, streckst die Beine
von dir, legst dich in die Sonne und schaust das schöne
Leben an. Schaust zu, wie sie sich um dich herum abmü-
hen etwas zu haben und zu sein, scherst dich nie darum,
etwas im Leben tun zu müssen, etwas erreichen
zu müssen, etwas Wichtiges werden zu müssen. Sein
also, Schein und Haben lehnst du ab. Je weniger du be-
sitzt desto freier bist du die Schönheit des Lebens zu entdecken. Ab und zu wirst du arbeiten müssen, des Geldes
wegen, aber ohne Bindung. Da gibt es immer Jobs, für
dich und Freunde und Freundinnen, aber nur, wenn du sie
bei dir haben willst, ansonsten lassen dich in Ruhe, voller
Bewunderung und Achtung für deinen Mut zu einem solchen Lebensstil.

Die Schönheiten des Lebens hatte er gesagt und das hallte in ihm nach. Klare Vorstellungen von diesen Schönheiten hatte er nicht. Er sagt das so dahin, überlegte er. Er ahnte wohl, dass es da etwas gab im Leben, das entdeckt werden wollte und auf ihn wartete; dass sich lohnte zu suchen, aber dafür musste er frei sein! Er fürchtete nur das Hotel des Playboys nicht bezahlen zu können. Tatsächlich erschrak er, als sie im Sonnenuntergang auf einem Kiesplatz vorfuhren: ein luxuriöser Kasten! Er sagte zu seinem Fahrer:

„Das hier schaffe ich nicht. Das übersteigt im Moment meine Möglichkeiten."

„Es gibt auch Kammern für Bedienstete. Ich kenne den Chef. Ich rede mit ihm."

Er sagte das in seinem seltsamen Englisch in sehr geringschätzigem Ton. Nach dem Höhenflug hatte ihn so die Wirklichkeit seines bescheidenen Daseins rasch eingeholt. Seinen Fahrer sah er nicht mehr nach diesem Gespräch. Am nächsten Morgen wurde ihm an der Rezeption, als er den Zimmerschlüssel mit bis zum Hals klopfendem Herz übergab, gesagt, seine Rechnung sei bereits bezahlt.

Er schreckt auf. Aus der Kaffeemaschine pfeift schrill der Dampf. Ist er hier an der Theke, im Café Carmen, in dieser Stille, stehend eingeschlafen? Sein Rücken schmerzt. Verstohlen sieht er sich um. Weder der schwarze Junge am Tresen, noch die beiden Männer, deren Biergläser inzwischen geleert sind, scheinen ihn zu beachten. Der Sonnenreflex, der diese Flaschen im Regal bunt aufleuchten ließ, ist zwischenzeitlich an der Wand ein gutes Stück weitergewandert. Er erfragt den Preis für seinen Kaffee, legt klickend die Münzen mit Trinkgeld auf die Marmorplatte und verlässt den Raum die zwei Stufen hoch zur Straße. Der Ausgang liegt im Schatten. Die Luft ist frisch und lässt ihn frösteln. Nach ein paar Schritten zum Rathausplatz hin, fühlt er die Wärme der jetzt höherstehenden Sonne. Er dehnt seinen steiften Rücken, hält ihn der Sonne entgegen. Unschlüssig blickt er zum Rathaus. Das geöffnete Holzportal hat im Innern eine sensorgesteuerte Schiebetür, stellt er fest, als er Menschen ein- und ausgehen sieht. Das Spalier der Platanen, dick und knorrig, vor dem langgestreckten Gebäude, mit einer Turmuhr in der Mitte auf deren Spitze, in einem zierlichen Eisenkäfig eine Glocke hängt - ein filigraner Scherenschnitt im tiefblauen Himmel - das Baumspalier hat er nicht mehr in Erinnerung. Aber diese Bäume sind uralt sagt er sich. Sicher standen sie schon damals hier, als er sich an dieser Stelle versammelte, mit den Kirchgängern, in einem großen Kreis, an manchem

Sonntagmittag nach der Messe: junge und alte Männer und Mädchen und Frauen, mit denen er vertraut war oder die er vom Vorbeigehen kannte oder die ihm fremd waren. Dieser Kreis musste präzise rund sein; jeder achtete darauf, richtig zu stehen und richtete sich nach seinem Nebenmann aus, schweigend: eine Zeremonie! Die Runde war so groß, dass sein Gegenüber kaum erkannte werden konnte. Wenig Worte wurden, ab und zu, hin und her geworfen, lachend. Sonntagmittag in der Sonne! Ansonsten geschah nichts. Er stand mitten unter ihnen. Er gehörte einfach dazu. Die Zeit war stehengeblieben. Es gab nichts auf der Welt als ihr Zusammenstehen in der Sonne. Stehen und Schauen, das hatte er im Ort gelernt, im Lauf der Zeit: am Caféhausfenster, am Platz, auf der Straße stehen und schauen, wo nichts geschah, ohne Absichten, ohne Erwartungen, solang, bis er sich nicht mehr fühlte, keine Gedanken mehr hatte, bis er selbst zu einem Teil dieser Szenerie wurde.

Jetzt steht er wieder am gleichen Platz, allein, verlassen und betrachtet das Rathaus mit dem Uhrenturm in der Mitte, den mit allerlei Geräten und Einrichtungen vollgestopften Ort, der immer wieder von Autos überquert wird, wo deren Fahrspur auf den Boden aufgemalt ist, und sieht Menschen, die kreuz und quer an ihm vorbeigehen, scheinbar ziellos. So steht er in der heißen Sonne, getrieben von einer Unruhe und der immerwährend quälenden Überlegung: Jetzt mache ich die Sache und was mache ich danach? Damals konnte er den Augenblick leben. Er sieht das Kirchenportal sich öffnen und eine Frau herauskommen auf die Stufen. Sie ist zu weit entfernt; ihr Gesicht kann er nicht erkennen. Sie fegt den Eingang, die Treppen. Er überlegt, ob er doch ins Museum gehen solle, obwohl diese Ummünzung zu einem Kunsttempel ihm missfällt, diese Profanisierung der Kirche, die ihm mal Zuflucht war! Doch dann wendet er sich ab, geht vorbei am Eingang zum Café Carmen, biegt in die Fortsetzung der Hauptstraße ein, in den Schatten der wieder eng aneinandergereihten Häuser, die in diesem Teil niedriger stehen als die Zeilen zuvor. Der Laden vor ihm ist geöffnet. Gegenstände werden unter die Tür und auf die Straße gestellt: Umhänge, über einen Ständer, ein Hut darüber, Halsketten mit Muschelschalen, Holzkreuze in allen Größen, lange Stäbe, bedruckte Halstücher in bunten Farben, Schilder, Plakate, Ansichtskarten. Vorbei geht er, ohne das überquellende Schaufenster näher zu betrachten. Seine Hausfassade mit den blumengeschmückten Balkonen ist bis zum Dachsims mit Werbetafeln behangen. Er beachtet sie nicht. Er beachtet nie Reklame.

Sein Weg macht eine Biegung nach Südosten, da steht die Sonne am Ende der langen, geraden Straße und blendet ihn. Ein lauer Wind fährt ihm entgegen, der bisher von den Häusern auf seinem Weg abgehalten war, oder jetzt erst in der Ebene aufgewacht ist. Er schirmt seine

Augen mit der Hand gegen die Sonne ab. Die Klinkerfassaden der kleinen Gebäude glänzen im weißen Licht; im scharfen Kontrast, die verwinkelten Schatten der Fensterbrüstungen, Balkone und Hausecken. Wie oft ist er diesen Weg in der Nacht, im steifen Ostwind, nachhause gegangen! Da schliefen schon alle: Die Menschen und diese dunklen Häuser. Die Straßenbiegung weitet sich zu einem kleinen Platz aus, auf dem sich drei staubige Bäume im Wind schütteln. Beim Näherkommen bemerkt er, dass es nicht Staub, sondern dicker Mehltau ist, der die Blätter bedeckt. Da war der Sommer hier wohl sehr trocken! Durch das Blattwerk sieht er das Theater. Es steht in der Sonne, unverändert, wie er es in Erinnerung behalten hat, aber offensichtlich verschlossen sind die drei hohen, grünen Holzportale, die weit nach oben streben und in Rundbogen enden, darüber eine Art Tympanon mit einer in Stein gemeißelten Inschrift: „Theater Sarabia". Es steht da als wäre es seit seinem Weggehen nicht mehr in Betrieb gewesen. Er geht näher heran, zu den Plakaten, die auf den Holztüren kleben und daneben auf Tafeln. Er liest Hinweise auf Veranstaltungen in anderen Orten, mit längst verfallenem Datum. Zu seiner Zeit fanden hier Tanzveranstaltungen und Bühnenaufführungen von Wanderensembles und Filmvorführungen statt, aber nur an Festtagen.

Er denkt an die Silvesternacht im Saal; vieles ist vergessen: wahrscheinlich war er etwas betrunken, nach diesem Gastmahl im Herrenhaus, und hier wurde weiter getrunken. Er denkt gern an diese Nacht, denn alle Freunde waren da, auch Anna, und er fühlte sich gut zwischen ihnen und bei ihr. Sie hatte sich so schön gemacht, für ihn, glaubte er: ein roter Bolero, eine weiße Bluse und ein Band, weiß, glaubt er, in ihrem schwarzen Haar. Sie durften zusammen sein an diesem Abend. Er ist zu ihrem Vater gegangen und hatte gefragt, ob es später werden dürfte. Sie sagte, das hätte auf ihren Vater großen Eindruck gemacht. Von ihm sprach sie immer mit weicher Stimme und erzählte ihm die verschiedensten Geschichten. In diesem Theater wären sie gut aufgehoben und er erinnert sich jetzt, da er vor dem Gebäude steht, an eine Geschichte, wie an eine Bühnenaufführung:

Ihr Vater arbeitet in den großen Fabrikmühlen, die hier mitten im Getreideland stehen, genauer ist er als ein vielgefragter Fachmann für Lösungen technischer Probleme unterwegs, von einer Fabrik zur nächsten. Manch eine so viele Generationen alt, dass sich im Inneren noch feingliedrige, kunstvolle Holzmechanik bewegt und klangvoll dreht und klappert. Sind die Entfernungen von einem Fabrikproblem zum nächsten groß und langwierig, nimmt er die ganze Familie mit in eine neue Wohnung, manchmal für lange Zeit. So sehen ihre Kinder, jedes in einem anderen Ort, zum ersten Mal das Licht der Welt.

Anna wächst ein paar Jahre neben einer mächtigen Burg auf, die mitten aus den Getreidefeldern herausragt, so erzählt sie ihm mit leuchtenden Augen. Die gelbbraune, löchrige Außenmauer der Festung ist unüberwindlich hoch und das einzige Eingangstor verbarrikadiert. Die Kinder vom benachbarten Dorf kennen einen geheimen Zugang zum Innenhof. Und weil auch sie darin spielt weiß sie, dass sie da einmal wohnen wird, wenn sie groß ist, als Burgherrin.

Ihr Vater kommt am Abend aus seiner Mehlfabrikmühle heim, schart seine Kinder um sich, erzählt ihnen von seinem Tagwerk, er singt es ihnen vor, wie in einer Oper und duftet nach Mehl und Vater, dass sie in ihn hineinbeißen möchten, wie in ein frisches Brot. Sie hängen an ihm. Er setzt sie auf sein Knie und schaukelt mit ihnen, im Rhythmus seines Singsangs und deckt sie mit Kosenamen zu; Anna nennt er mein schönes Burgfräulein. Jedes Mal, sobald er an diese Nacht denkt, auch wenn er vieles vergessen hat, durchzieht ihn ein Gefühl von Wärme und Geborgenheit, von Dazugehören und Anerkannt werden. Eine Combo spielte eine schräge Musik: Schlagzeug, Saxophon, Trompete und Gitarre oder Bass. Zwei der Musiker waren aus seiner Clique. Sie intonierten hingebungsvoll die Hits der Saison, aber vor allem, die schnulzigen Klassiker der langsamen, engen Standardtänze. Der Saal war voller Menschen, die im milden Wein und in der süßen Musik dahinschmolzen, so wie er; es wurde getanzt. Er erinnert sich an keinen Tanz mit ihr. Er war ja auch kein Tänzer; durfte sie ja auch nie wirklich berühren, nicht einmal den Arm durfte er um sie legen. Wie er jetzt so durch die Straßen geht schielt er aus den Augenwinkeln die Frauen an, die an ihm vorbeigehen und in ihrem Alter sein könnten. Er hat nicht die geringste Vorstellung von ihrem Aussehen heute. Im Ort wohnt sie nicht mehr, vermutet er. Ihrer höheren Bildung wegen dürfte sie hier keine geeignete Arbeit gefunden haben. Wahrscheinlich besucht sie hin und wieder ihre Jugendheimat und er ist sich sicher, sie zu erkennen, falls sie an ihm vorbeiginge und stellt sich diese Szene immer wieder vor: sie kommt in der Menge auf ihn zu. Sie fällt ihm auf: eine schlanke, einfach, aber stilvoll, wahrscheinlich rustikal gekleidete Frau. Ihre Energiewelle eilt ihr voraus. Er weiß sofort, das ist sie! Er sagt einfach:

„Hallo, Anna!"

Ob sie ihn erkennen würde? Er denkt eher nicht, oder doch? Er weiß nicht einmal, ob sie noch lebt!

Vom Theatergebäude und dem Platz davor, den ein Durcheinander von hohen und kleinen Gebäuden, Gartenmauern und Hofeinfahrten umgibt, geht er weiter, der Sonne und dem Wind entgegen, auf seinem Weg in die Vergangenheit. In der Nähe mussten die Häuser seiner Schülerinnen sein, zu denen er ins Wohnzimmer kam, um sie zu unterrichten. Sehr lernbegierig zeigten sie sich nicht. Für sie war das eher ein Zeitvertreib in ihrer Eintönigkeit; und angeben konnten sie bei ihren Freundinnen mit dem fremden Hauslehrer, wie sie ihn nannten, und Dinge erzählen, die sich niemals ereignen konnten, weil immer die Mutter oder eine andere Aufsicht neben ihnen saß, mit Lesen oder einer Handarbeit vertieft, aber mit den Augen überall, in den von Plüsch und Dekorationen vollgestopften, dämmrigen Bürgerstuben mit den engen Fenstern, die zudem mit dichtem Tüll verhangen waren, in denen er immer das Gefühl hatte, sie würden nur benutzt zu besonderen Anlässen.

Was mühte er sich ab, der Tochter des Metzgers richtiges Halten der Gitarre zu erklären. Bis er aufstand, sich hinter das sitzende Mädchen beugte, ihr das Instrument auf den Schoß stellte, ihre linke Hand nahm, zum Griffbrett führte, ihre Finger einzeln und sanft auf die Saiten legte, jeden für sich, und ihre rechte Hand nahm, über das Schallloch legte und sich von hinten über sie beugte, ihre hängende Schultern aufrichtete und seine Hände auf die Ihren legte, die Position korrigierte, wobei sie ihn beständig ansah, von unten herauf, dabei die mühsam eingerichtete Haltung vergaß, und er erneut die Prozedur begann. Bis die Mutter aufbrauste und ihre Tochter zurechtwies, sich endlich zu konzentrieren, weil sie durchschaute, was hier gespielt wurde.

Er findet die Häuser mit diesen Schülerwohnungen nicht mehr, entdeckt aber ein Gebäude, an das er sich gut erinnert. Die Flügel der schweren, dunklen Außentür stehen offen und geben den Blick frei in einen feinen Vorraum aus braunen, blumenverzierten Fliesen und einem Kronleuchter in der Deckenmitte. Er stellt sich in diesen Raum, auch wenn er, jeden Augenblick, befürchten musste, die Tür könnte von Innen geöffnet werden. Aber hinter ihrer gelb geriffelten Glasverkleidung schimmert kein Licht. Ein Warnsignal, wie er noch weiß, für eine Bewegung im Inneren. Die Frau, die hier wohnte, war älter als er und wollte unterrichtet werden. Sie unterhielten sich an dieser Stelle. Sie hatte ihn im Vorbeigehen angesprochen:

„Entschuldigung, sind sie nicht der Hauslehrer? Man hat mir gesagt, sie nähmen noch Schüler auf?"
Er bot ihr seine Lehrfächer an: Gitarre, Englisch, Deutsch. Sie konnte sich nicht entscheiden, schaute ihn nachdenklich an. Er solle wiederkommen; sie würden weiter darüber reden. Sie nannte Tag und Stunde und er kam wieder. Er schlug den goldenen Türklopfer mehrmals vorsichtig bis Licht im Inneren aufleuchtete, durch die Verglasung schimmerte und die Tür geöffnet wurde. Sie sagte:

„Ach du, komm´ herein, bitte¨, und trat einen Schritt zur Seite. Im Vorbeigehen - er musste sich dabei bemühen, sie nicht zu berühren - roch er ihr Parfüm, herb, nach

Zitrone. Sie trug das schwarze Wollkleid ihres ersten scheinbar zufälligen Treffens. Ihren Körper konnte er in dem sackähnlichen Gewand nicht einmal erahnen. Ihre schwarzen Haare waren glatt, streng am Kopf anliegend, als er vor ein paar Tagen mit ihr gesprochen hatte. Jetzt hingen sie offen und wellig bis zu den Schultern. Er war sehr aufgeregt in ihrer so nahen Nähe. Sie ging voran in ein Wohnzimmer. Sie war viel kleiner als er. Sie berührte einen Stuhl am Tisch in der Mitte des Raums:

„Setz dich, bitte. Möchtest du einen Kaffee?"
Er nickte. Sie verließ das Zimmer, leise, schwebend. Es war abgedunkelt gegen die Nachmittagssonne, die nur durch einen Spalt in den dichten Vorhängen fiel; nur ein Strahl fiel in den dämmrigen Raum quer über den Tisch über den Teppich, wo er sich verkroch, unter dem Möbel, hinter seinem Rücken. Dort hing ein Gemälde, das er kaum erkennen konnte. Auch die anderen Dinge schummerten geisterhaft im Raum. Über dem Tisch, erinnert er, hing ein kleiner Kronleuchter, nicht so gewaltig wie der im Herrenhaus, in dessen Glastropfen sich das Licht des einen Sonnenstrahls spiegelte und in den Regenbogenfarben sich brach.

Er hatte ein kurzes, sachliches Gespräch erwartet. So eine Zeremonie, wie sie sich anbahnte, mochte er nicht. Warum sagte sie du zu ihm? Sie kam zurück mit einem Tablett und stellte eine Tasse und eine Schale Kekse auf den Tisch, nahe zu ihm, mitten auf den Sonnenstreifen, auf die gehäkelte Tischdecke, cremeweiß, langsam, behutsam; auf ihren Platz ihm gegenüber tat sie das gleiche, setzte sich und schaute ihn an mit großen Augen. Da dachte er an den Blick einer Schleiereule in der Dämmerung. Ihr Nasenrücken war ganz schmal und stieg soweit an ihren Augenlidern vorbei nach oben und schaffte viel Platz für die großen Augen und gab ihrem Gesicht den seltsamen Ausdruck als wäre sie immer erstaunt, verwundert über das, was sie da sah und hörte. Auch das machte ihn unsicher. Sie schenkt ihm ein, mit leicht zitternden Händen, wie ihm schien. Das Zimmer war so düster. Sie saß in dem Bisschen Licht, das durch die Tüllvorhänge drang. Warum war ihr Gesicht nur so blass, fast weiß? Und ihre Eulenaugen so unverwandt auf ihn gerichtet?

„Warum gibst du Unterricht? Bist du von Beruf Lehrer?"

„Nein, ich habe Erfahrung und lebe von dem Geld, das man mir gibt", sagte er.

„Wieviel verlangst du?"

„Das ist freiwillig."

„Ich würde gern Gitarre lernen. Hast du ein Instrument?"

„Nein, das bringt der Schüler mit."

„Ich müsste mir eines kaufen. Hier im Ort gibt es das nicht. In die Hauptstadt komme ich sehr selten, eigentlich nie. Wir sind hier so isoliert; mir ist, als wären wir allein auf dieser Welt. Was machst du außerdem hier bei uns?"

Er wusste keine rechte Antwort und zuckte mit den Schultern. Dann sagte er:

„Nur so! Es ist schön hier, die Natur, die Leute, der Ort..."

Während der Fragerei nahm sie ihren Blick nicht von ihm. Jetzt wusste er es: aus Alabaster ist ihr Gesicht, gemeißelt und poliert. Sie war schön, so dünn alles. Das Wort zerbrechlich fiel ihm ein. Er wusste nicht mehr, wo er hinsehen sollte. Er hatte keine Übung im Umgang mit so viel älteren, noch dazu schönen Frauen. Hastig trank er seinen Kaffee, Kekse wollte er keine essen. Er fürchtete, sich zu verschlucken. Sie hatte lange Hände mit einer dünnen, weißen Haut durch die die Adern schimmerten Sie lagen vor ihr auf dem Tisch, nebeneinander, unbeweglich, wie zwei schlafende Tiere. Er war versucht, seine Hand daraufzulegen.

„Ich möchte, dass du mich in Englisch unterrichtest", sagte sie in die Stille hinein.

Er nickte nur. Sie nannte einen Preis und fragte, ob er damit einverstanden wäre. Es war genau der Betrag, den die anderen Schülerinnen bezahlten.

„Ich freue mich auf den Unterricht. Du musst bei mir ganz von vorn anfangen; und nicht so viel auf einmal und ganz langsam. Wir haben doch viel Zeit zusammen, nicht wahr?"

Ihre Stimme war auch etwas dünn oder besser zart, hell.
Sie vereinbarten für den Beginn des Unterrichts einen der
nächsten Tage und besprachen das Lehrmaterial. Da er
nichts mehr zu sagen wusste, stand sie auf und führte ihn
zur Tür. Er stolperte beinahe hinaus. Er hatte den Tür-
stock vergessen. Sie hielt ihn am Oberarm fest; so be-
wahrte sie ihn vor dem Fall. Ihr Griff umklammerte fest
seinen Arm. Er wunderte sich über die Kraft ihrer feinen
Hand. Sie gab ihm ihre rechte Hand zum Abschied, hielt
aber seinen Arm weiter umklammert:

„Vorsicht, pass auf dich auf! Ich brauche dich
jetzt. Ich freue mich doch auf unseren Unterricht."
Dann erst ließ sie ihre beiden Arme fallen. Er drehte sich
zu einem Abschiedsgruß um im Vorraum. Sie sah ihn
ohne Regung an, mit ihren verwunderten Eulenaugen. Da
erst fiel ihm auf, dass sie während der ganzen Zeit nicht
ein einziges Mal gelacht oder gelächelt hatte.
Er ist erstaunt über die vielen Einzelheiten, die er in Erinnerung behalten hat, von diesem Treffen, wahrscheinlich, weil es die letzte Begegnung war. Als er zur vereinbarten Zeit wieder an die Tür klopfte, bepackt mit seinem
Unterrichtsmaterial, öffnete sofort ein Mann, der viel älter war als die Frau, und sagte, bevor er seinen Mund aufmachen konnte:

„Frau Elena hat es sich anders überlegt. Sie möchte
keinen Unterricht nehmen. Sie brauchen nicht mehr zu
kommen."

Inzwischen, während er im Vorraum in Erinnerungen verharrt, hat sich die Straße mit Menschen gefüllt. Er steht
vor diesem Haus mitten im Weg. Frau Elena hat er nie
mehr gesehen, auch nicht im Ort, nirgends.
Wie unbekümmert er damals war!
Warum hatte er nicht nachgeforscht?

Er geht weiter, der blendenden Sonne am Ende der
Straße entgegen. Auch hier gleicht die frühere Wohn-
straße wie er sie im Gedächtnis hat, mit niedriger, dicht
anliegender Häuserreihung, nun einem Basar. So wenig,
wie er die Häuser seiner ehemaligen Schülerinnen gefunden hat, findet er sich heute hier zurecht: Läden und Bars,
wo früher einfache Hauseingänge waren. Selbst der ehe-
malige Fotoladen vom Grand, unverkennbar an gleicher
Stelle, jedoch umgebaut mit Glas und Plastik und der
Überschrift: „Pilgrim´s Oasis" über dem Eingang. Früher
waren in den beiden Schaufenstern gerahmte Fotos von
ernsten Gesichtern in schwarz und weiß, gestandene
Frauen und Männer, der Wichtigkeit und Bedeutung ihrer
Ablichtung bewusst, so wie sie posierten, im Sonntags-
gewand, und Serien von Hochzeitfotos gab es: das Brautpaar geht aus dem Haus, tauscht die Ringe, kniet und
küsst sich. Das Brautpaar schneidet eine Torte an, es
tanzt, ebenfalls farblos. Das war die Lieblingsarbeit vom
Grand. Da hatte er die Gesellschaft dirigiert und gruppiert, ganz nach seinem Kommando, denn alle wollten

von ihm ins rechte Licht gerückt werden. Jetzt sieht er in den Fenstern große Farbfotos junger Mädchen, halb-nackt, und Paare, allein und in unnatürlichen Posen, am Fluss stehend oder vor einem Strauch, und sie lachen, als gälte es, einen Wettbewerb zu gewinnen. Daneben liegen Fotoapparate im Fenster und eine unüberschaubare Menge an Andenkenkram, Parfüms und Kleidungsstü-cke. Er kann sich nicht vorstellen, dass sein guter und einstmals asketischer Begleiter seiner Jugend, sich heute mit solchen Dingen abgibt. Wahrscheinlich hat er sich auch bereits von den Geschäften zurückgezogen, denkt er und will weitergehen. Doch dann betritt er, ohne weiteres Zaudern und entgegen seinem Vorsatz, sich nicht zu er-kennen zu geben, den Laden und gerät in ein Labyrinth aus Kleiderständern, Regalen, Tischen mit aufgehäuften Lederwaren, Handschuhen und Schals. Fotoartikel sieht er, auf den ersten Blick, keine. Die Verkäuferin entdeckt er im Hintergrund des Geschäfts. Sie geht um den Ver-kaufstresen herum und kommt auf ihn zu.

„Ich suche ein kleines Halstuch.“
Die Auswahl, die sie ihm mit einem Wortschwall zeigt, lähmt sofort seinen spontanen Entschluss und lässt seine Kaufbereitschaft auf null sinken. Aber er will diese Frau befragen und gibt sich interessiert.

„Hier war früher ein Fotograf. Haben sie irgendeinen Bezug zu ihm?“

„Ich bin seine Tochter.“

Sie ändert sofort ihr reserviertes Aussehen und schaut ihn verwundert an. Ihr serviles Gesicht bekommt weichere Züge.

„Wir waren Freunde; sind oft zusammen gewandert, durch die Ebene. Ich habe früher eine Zeit lang hier gelebt, drüben im Kloster. Was ist mit ihm? Lebt er hier?"

„Mein Vater ist tot. Vor vierzehn Jahren ist er gestorben an einer seltenen, ganz furchtbaren Krankheit. Er ist langsam erstickt."

Sie nennt den Namen der Krankheit, der aus Buchstaben besteht, und schildert ihren erbärmlichen Verlauf. Er äußert seine Betroffenheit, nimmt das Tuch, das sie ihm aufschwatzt und geht mit dem Versprechen wiedermal vorbeizuschauen. Am Ausgang setzt er sich auf einen der beiden Stühle, die vor dem Laden auf der Straße stehen.

Er war mit dem Fotografen an einem heißen Herbsttag aus dem Ort gewandert. Der Himmel war tiefblau und kristallen. Die Pappelreihe längs ihres Feldwegs loderte hoch und gelb in das Blau des Himmels. Ihre Blätter wisperten in der leichten Luft und blinzelten ihnen zu mit ihrer hellen Unterseite. Auf den brachen Feldparzellen roch der aufgeheizte Thymian und Rosmarin, wenn er sich bückte und ihre sperrigen Stängel in der Hand zerrieb, trug er den Duft mit sich weit über die endlosen Stoppelfelder, durch die ihr Weg führte, gerade bis zum Horizont. Er ging gern mit Grand. Er war groß, füllig, weich in seinen Konturen und schritt kraftvoll und federnd an seiner Seite und redete dabei unentwegt:

„Das ist ein guter Tag zum Rebhühner schießen. Die Viecher liegen bei der Hitze in den Gräben und sind träge. Da kannst du ziemlich nah herankommen und, pfiff, paff hast du zwei."

„Die Menge an Staub hier auf dem Weg dämpf wahrscheinlich auch die Schritte", sagte er, auch wenn er keine Ahnung von der Jagd hatte.

„Die hören eh nicht gut. Trotzdem musst schnell sein, weil sie unerwartet aufflattern und im Zickzack davonfliegen. Außerdem brauchst du eine Jagdgenehmigung; aber das nehmen wir hier nicht so genau. Hier hat fast jeder ein Gewehr. Ich mag ihr Fleisch nicht. Es ist weich, so schlabbrig."

Dann unterhielten sie sich über das Fleischessen im Hinterzimmer der Bar. Es freute ihn zu hören, dass er das Fleisch auch nicht mochte, denn er dachte mit Schaudern daran, wie sie ihm die besten, aber auch schwabbligsten Bissen immer wieder zuschoben. Dann fragte er:

„Wie lange wirst du hierbleiben, bei uns?"

„Lange, denke ich, vielleicht bis über den Sommer oder so. Ich habe nichts festgelegt. Anfangs wollte ich Hals über Kopf weiter; dann gefiel es mir so gut, dass ich mich kurz entschlossen habe, meinen ursprünglichen Reiseplan aufzugeben und hierzubleiben. Ich möchte ein bisschen in den Tag hineinleben und schauen, was sich so ergibt. Mit dem Geld, das ich verdiene, komme ich zurecht und keiner fragt nach mir."

„Dann bis du in jedem Fall den ganzen Winter hier", stellte er fest.

„Die Winter sind hier hart, viel Schnee. Bist du ausgerüstet?"

„Ich habe nichts geplant. Ich muss einfach mal schauen, wie es kommt", sagte er.

„Es ist gut hier. Du kannst froh sein, hier zu sein. Du hast Zeit. Du kannst dir alles in Ruhe anschauen. Du wirst sehen, einmal wirst du denken, dass es die schönste Zeit in deinem Leben war. Mir gefällt es hier. Es ist so ruhig hier, manchmal zu ruhig. Wir sind ein bisschen verloren hier, vergessen von der Außenwelt. Es passiert nichts. Mir macht es wenig aus. Ich habe eine Arbeit, die mir gefällt. Aber viele in unserem Alter leben hier wie auf dem Mond. Sie haben nichts zu tun. Sie finden keine Arbeit, sie haben kaum Aussichten, dass sich etwas für sie ändert. Sie sind bei ihren Eltern und das in unserem Alter! Sie hängen zuhause herum und leben vom Geld ihres Vaters und vom Wein".

Sie bogen dann vom Weg ab, auf einen abschüssigen Hang, auf dem sie sich an den Ästen kleiner Heister festhielten. Das war eine Abkürzung, denn er sah ihren Weg im großen Bogen um diesen Zwergwuchs herumführen. Er sah ihn, ab und zu, weit unten durch die Blätter. Sein fast weißer Staub leuchtete in der Sonne. Seine Schuhe, die er schon so lange trug, machten das Gelände gut mit. Das beruhigte ihn. Er wollte sich nicht vorstellen, Kleidung kaufen zu müssen, auch nicht für den Winter. Sie mussten noch eine Böschung hinab und standen wieder auf dem alten Weg, im hellen Staub. Grand zeigte auf eine hohe Hecke, vor ihnen und sagte:

„Wir sind da; dahinter ist unser Garten. Hierher gehe ich, wenn es mir mal zu viel wird. Heute nicht, aber ich möchte dir das zeigen; es gibt wenige die so etwas haben."

Sie durchquerten eine Gartentür in der Hecke und setzten sich auf eine Holzbohle, die an der Sonnenseite der Hütte befestigt war. Die Holzwand in ihrem Rücken war warm und roch nach Harz. Sie streckten ihre Füße von sich bis zum kleinen Gartenbeet, das mit allerlei Pflanzen bedeckt war, jetzt im beginnenden Herbst, mit welken Blättern und Stängeln, teils mit langen Austrieben: Eine Gartenpflege konnte er nicht erkennen. Der Freund zeigte auf ein Spalier verwucherter Büsche:

„Das sieht nicht so aus, aber die sind toll."

Er stand auf und bückte sich zu dem Wildwuchs hinunter, und sah ihn voller Weintrauben, faustgroß, gelb bis rötlich die kleinen Beeren, dicht aneinander.

„Iss soviel du willst. Die erntet außer mir niemand."

Sie waren zuckersüß und heiß von der Sonne. Sicher hat er noch nie so viele und gute Früchte gegessen, so gut, dass er sie bis heute nicht vergessen hat; oder weil er nur das karge Essen im Konvent gewohnt war? Zwar überreichlich und liebevoll angerichtet, aber einfach! Sie saßen in diesem verwilderten Gärtchen bis die Sonnenstrahlen hinter dem Heckenrand verschwanden. Armer Grand! Was hatte er nun davon, dass er sein elendes Ende kannte? Wenn er jetzt an ihn denkt, will sich über das Bild seiner schlaksigen Gestalt mit den schlendernden, federnden Schritten und dem runden, massigen Gesicht mit dem unentwegt vom Reden bewegten Mund und den schwarzen Strähnen, die er ständig aus dem Gesicht strich und den glitzernden Augen, der graue Schleier dieser grausamen Buchstabenkrankheit legen. In seinen Erinnerungen sieht er ihn nie am Tresen herumstehen. Selten waren sie so lange Zeit zusammen, wie an diesem Gartentag. Nach kurzem musste er immer davongehen, zu irgendeiner Arbeit. Sicher hatten sie noch gemeinsame Streifzüge unternommen, aber er erinnert sich nicht mehr daran.

Aber er weiß noch von Gängen, die er durch die Ebene machte, meist allein, stundenlang, quer über die Stoppelfelder, immer in der Erwartung, hinter der nächsten Anhöhe neues zu sehen. Doch da waren immer nur die gleichen, endlosen, weißgoldenen Felder, begrenzt von Ackerrainen, an deren Ränder ausgebleichtes Gras stand. Und in den Gräben dahinter versammelten sich alle die in diesen rauen Bedingungen überleben wollten: grünes, hartes Schilf, Ligusterbüsche und Ginster, Kratz- und Mariendisteln, Feldmannstreu mit gelben und blauroten Blütenköpfen oder einem weißen Wattebausch oben drauf. Woher sie ihr Wasser nahmen, in dieser von Trockenheit aufgerissenen Erde, hat er vergessen seine Bauernfreunde zu fragen.

Ja, es gab sogar eine einsame Baumreihe hoher, mächtiger Ulmen, weithin sichtbar, wie eine Pilgerschar, die durch die Ebene zieht, und beim Näherkommen sah er sie in einem Graben stehen, der vollkommen ausgetrocknet war; ansonsten ringsum nur diese so tief beruhigende Weite, als gäbe es sonst nichts anderes auf der Welt, und darüber die Glasglocke des Himmels, hellblau am Horizont und so unglaublich dunkelblau am Zenit. Quer ging es über die Felder, die in sanft rollenden Wellen zur Himmelslinie strebten, geradewegs einen Punkt in der Ferne anvisiert, den er erreichen wollte und der oft weiter entfernter lag, als er abgeschätzt hatte. Nichts war zu hören nur das Spreißeln der Stoppeln unter seinen Schuhen oder ein Rauschen, wenn er über Teppiche aus liegengebliebenen, in der Sonne glänzenden Strohhalmen ging. Manches Mal häufte er sie auf zu einem Lager, legte sich darauf, verschränkte die Hände hinter dem Kopf und sah das Blau über sich oder schloss die Augen, glaubte, in diesem Äther zu schweben. Da hat er sich selbst vergessen, war wie blaue Luft und goldenes Stroh und würziger

Hauch von Erde und Pflanzen. Wir sind ein Teil von Allem, ringsum; das Paradies ist um uns, wir können es erahnen, denkt er. Manchmal ging er auch im Wind, der sanft über die Ebene strich und die Gräser an den Rainen schaukelte oder stürmisch heranbrauste und an den Ohren zerrte und schallte. Einmal hätte er auf seinem Weg in einer Feldmulde eine Anhäufung von Steinen und Ziegeln fast übersehen. Sie war von der gleichen Farbe wie die Erde und Stoppeln. Auf den ersten Blick hielt er es für ein Trugbild, das in dieser aufgeheizten Luft flirrt und verschwindet. Kein Laut, keine Bewegung drang aus dieser Baumasse.

Zögernd stieg er den leichten Hang hinab und sah einen Weg, der zu dem Haufen führte und in ihm verschwand. Staub stob auf, als er vom Feld aus auf den Weg sprang; bedächtig musste er gehen, um zu vermeiden, nach kurzer Zeit vollständig eingestaubt zu sein. So schlich er zu dieser Steinanhäufung - beim Näherkommen als Behausung zu erkennen - und war versucht, nach jedem seiner Schritte umzudrehen und davonzulaufen. Das erste, was er erstaunt sah, war ein Haus, ebenerdig, offensichtlich unbewohnt: Fenster- und Türhöhlen waren schwarz, das Dach über dem Eingang war abgebrochen; nackte Sparren stachen in den tiefblauen Himmel; ebenso das Haus gegenüber, verfallen, Ziegel entlang der Hauswand gestapelt, das Dach eingefallen, Schutt im Inneren; die folgenden Häuser in ähnlichem Zustand. Über dieser Ruinenlandschaft lag, in der flirrenden Luft, Friedhofsruhe. Nur ein Windhauch bewegte das hohe Unkraut, das überall wucherte. Er befürchtete jeden Augenblick ein verstreutes Tier oder einen verwirrten Menschen aufzuscheuchen. Mit Ruinen kannte er sich aus, durch ihre Nachkriegs-Kinderspiele. Auf halber Strecke, dieser Häuserreihe, endete der staubige Weg und ging in eine Pflasterstraße über, sauber und gerade, bis zum Ende der Bebauung, wo sie sich in den Feldern verlor. Ab dort sahen die niedrigen Häuser rechts und links aus schweren, gelbbraunen Bruchsteinen besser erhalten aus. Fenster und Türen waren heil. Trotzdem hatte er das Gefühl, sie wären verlassen. Über einer dieser Türen sah er ein Schild, angestrichen mit blauer und weißer Farbe. Mit Mühe war die verwitterte Aufschrift zu entziffern: Taberna, ihr Eingang breiter als die Türen der anderen Häuser, ihr blauer Anstrich ebenfalls abgeblättert; sie stand offen. Er blickte zunächst in ein dunkles Loch, als sich seine Augen vom gleißenden Licht, im Rücken, umgestellt hatten, sah er einen großen Schankraum, eine lange Theke, kaum sichtbar im Hintergrund, und wuchtige Tische und Stühle aus Holz; die Wände, wie die Außenmauern, aus Bruchsteinen, unverputzt. Das alles hier ist vor kurzem verlassen worden, dachte er. Es roch nicht modrig. Durch die Tür und die schmalen Fenster fiel kaum Licht in den Raum, aus dem plötzlich eine

Stimme dröhnte:

„Herein oder hinaus".

Jetzt erst sah er einen Mann am der Tische sitzen.

„Äh, haben sie geöffnet?"

„Was heißt geöffnet! Du siehst doch, dass die Tür offen ist. Die tiefe Stimme des Mannes am Fenster klang nicht abweisend, trotz der barschen Antwort.

„Was wünschst du?"

„Haben sie Wein, roten?"

Der Mann hustete:

„Was für eine Frage!"

Er erhob sich, stützte sich dabei auf die Tischplatte, ging hinter die Theke und stellte ihm eine Flasche, ein Glas und einen Strohkorb auf einen der Tische in seiner Nähe.

„Feigen auch?", fragte er und deutete auf den Korb.

Er setzte sich an den Platz, wie vom Wirt angezeigt, schenkte sich ein und nahm sich eine Feige, die war getrocknet, würzig und mit Mehl bestäubt: Der kühle Raum, der herbe Rotwein, die festen, süßen Feigen, der Mann, der sich wieder hingesetzt hatte, das Dämmerlicht, die gleißende Helligkeit draußen, die Stille! Er streckte die Beine von sich und spürte, dass er lange gelaufen war. Seine Stimme klang fremd und hohl in diesem Raum, als er sagte:

„Hätte nicht gedacht, hier eine Taverne in Betrieb zu finden. Gibt es hier noch Leute, Einwohner, meine ich?"

„Du siehst doch einen Einwohner vor dir; allerdings

den letzten."

Nach einer Pause sagte er:

„Drüben", ein Nicken mit dem Kopf zum Fenster, „die Maria, die Vorletzte, ist vor einigen Monaten beerdigt worden, allein von mir und dem Pfarrer. Wir haben keinen Angehörigen ausfindig machen können. Sie hat aber auch nie etwas erzählt. Ich fand sie in der Küche, auf dem Stuhl, tot. Ich habe sie nach dem Doktor auf dem Handkarren zum Friedhof gefahren."

„Gibt es hier einen Friedhof?"

„Nein, ich meine den von drüben, wo du, denke ich, herkommst. Das war vielleicht eine Schinderei. Naja, um mich mach ich mir keine Gedanken wie ich mal dorthin komme. Ich brauche es nicht zu machen", sagte er, mit einem harten, kehligen Lachen.

Er wagte es jetzt ebenfalls den Mann mit Du anzureden.

„Was machst du noch hier? Bist du dein einziger Gast?" Er erinnert sich, dass der Mann lange schwieg und zum Fenster blickte. Auf seinem Tisch lag eine Zeitung, aufgeschlagen, kein Glas, keine Flasche. Sein Gesicht im Profil, so am Fenster, war kantig. Er wartete auf eine Antwort; vielleicht hatte er ihn vergessen? Doch dann sagte er:

„Den Wein mache ich selbst und die Trockenfeige auch, und Feldarbeiter kommen auch vorbei und Jäger. Dann ist da noch die Schreinerei dort."

Er deutete mit dem Kopf in den Hintergrund der Schänke.

„Da gibt es genug zum Tun."

„Und die Familie?", fragte er.

Wieder schwieg der Mann lange:

„Der Sohn wohnt weit weg und die Frau im Himmel."
Das klang wie auswendig gelernt oder oft gesagt. Er
konnte nicht ergründen, ob der Wirt über seinen Gast er-
freute war, über ein Gespräch, an diesem Nachmittag.

„Schon lange?"

„Was heißt lange! Es ist manches Mal wie gestern,
dann wieder wie Jahre."

Diesen Satz hatte er nie vergessen und verstand ihn erst
später, als er ihn selbst hatte sagen können. Der Mann
antwortete nur auf seine Fragen. Ausfragen lag ihm nicht.
So kam kein rechtes Gespräch mehr zustande. Der Wirt
las wieder über der Zeitung gebeugt. Durchs kleine Fenster, in der dicken Hauswand, fiel etwas Licht auf sein
Blatt. Er trank langsam seinen herben Wein und aß die
Feigen dazu. Erst jetzt sah er die Bilder an der Wand, an
seiner Seite und der Wand, ihm gegenüber. Die Wand an
der sein Wirt saß war leer, soweit er das im Gegenlicht
erkennen konnte. Über seinem Platz hingen gerahmte Fotos von Personen in Gruppen aufgestellt: junge Männer
in Sportbekleidung und andere Gruppen in schwarzen
Anzügen, das heißt, es waren Schwarzweiß-Fotografien.
Männer, die um einen Eselkarren gruppiert waren, in einer trachtähnlichen Aufmachung und lachten und stark

gestikulierten, daneben ein Familienfoto, vor einem blumengeschmückten Haus über dessen Tür eine Tafel mit der Aufschrift „Taberna" stand, in Schwarzweiß: Mann, Frau und ein Kind, aufgereiht, hoch aufgerichtet, das Kind in der Mitte; beide halten eine Hand auf dessen Schultern.

Das Foto war vergilbt, alle Gesichter verblassten: sie stehen steif und stolz, der Mann in schwarzer Hose, weißem Hemd und einem breitkrempigen Hut, die Frau in weitem Rock und heller Bluse, mit kurzen, aufgebauschten Ärmeln. Das Kind, von beiden rechts und links gehalten, ist trotz seiner Winzigkeit, die Hauptperson. Die anderen Bilder, von seinem Tisch entfernt, konnte er im diffusen Licht nicht erkennen. Er wollte nicht aufstehen und von Bild zu Bild gehen. Er hatte die Flasche fast geleert. Die Hände waren klebrig von den Feigen; er fragte den Wirt wo es hier Wasser gäbe.

„Wasser kann ich dir keines geben; das ist zu kostbar bei mir. Du kannst deine Hände mit Wein waschen."
Er ging aus dem Raum und kam mit einer Korbflasche wieder. Sie traten vor das Haus und der Wirt schüttete ihm, aus der schräg gehaltenen Flasche, wie aus einem Wasserhahn, den Weißwein über die Hände, die er schnell sauber rieb, zu ihren Füßen eine dunkle Weinlache. Jetzt konnte er das Gesicht des Mannes deutlich erkennen, das tief zerfurcht war, so behielt er ihn im Gedächtnis und sagte:

„Danke, es gefällt mir hier. Ich komme wieder!"
Aber er kam nie wieder.

Schräg gegenüber vom Fotoladen des Grand liegt ein
Platz mit Wiese, Platanen, Bänken und einer hohen Mariensäule in seiner Mitte. Dorthin geht er, liest die Inschrift auf dem Brunnensockel, auf dem die Säule ruht:
„Zur Widmung des Ortes der Jungfrau Maria, im Jahr
1905" und weitere Tafeln zum Gedenken 1955 und 2005.
Maria ragt weit in den Himmel, rotbraun, mit einem Ster-
nenkranz über ihrem Kopf, der im Himmelblau schwebt.
An dieses Denkmal kann er sich nicht erinnern, obwohl
es zu seiner Zeit längst errichtet und mit einer Gedenktafel versehen sein musste. Den Platz selbst kennt er, weil
früher hier Pferde und Mauleseln abgestellt waren, wie
heute die Autos ringsum, und er einmal zuschaute, wie
einem Pferd zwischen den Hinterbeinen ein Körperteil,
wie ein fünftes Bein, herauswuchs, fast bis zum Boden,
und die Schulmädchen, dicht daneben, große Augen und
rote Köpfe bekamen; bis ein Priester, in flatternder
schwarzer Soutane heraneilte, und sie zornig davon-
scheuchte, mit seinen Armen, wie Federvieh und schimpf-
fend davon ging; über wen oder was er schimpfte, das
konnte er nicht erraten. Aber damals war das nur eine
wild wuchernde Wiese. Heute ist da ein kleiner, gepfleg-
ter Park mit Blumen im Gras. An seinem Rand, dort wo
früher ein Unterstand für Tiere und Wagen war und die

Bauern dazwischen auf Steinbänken saßen, ist ein Bauwerk, ein Betonkasten, höher als die mittelalterlichen Häuser ringsum, ähnlich einem Bunker mit schwarzen Schachtfenstern und einem schwarzen Gitterturm auf seinem Flachdach mit Geräten im Inneren. Weit ragt er in die Höhe, weit über die Mariensäule hinaus, die wenige Meter daneben im Park steht und reicht fast bis zur Höhe der Kirche gegenüber, bis zu ihrer Glockenwand unter dem Kirchendach. Die hat er auch vergessen. Er erinnert sich nicht mehr an dieses doch so massive Gebäude, wie eine Festung, die Außenmauer aus gelbbraune Steinquadern, teils verwittert, rissig. Er kennt nicht ihren Namen. Das Haupttor am Platz ist verschlossen. Er geht durch die Halbarkaden zum Seiteneingang. Welke Platanenblätter rascheln hier über den Boden und drehen sich im Wind in der Ecke zur Tür. In dem engen Holzverschlag dahinter liest er die Aushänge: das Plakat eines Konzerts für Gitarre, fromme Sprüche, Gottesdienstordnungen. Ihren Namen müsste er sich unter den fünf Kirchen aussuchen, die aufgelistet sind, in denen jeden Tag im Ort, von früh bis abends, Messen gefeiert werden. Er geht durch die knarrende Holztür in den Raum; Dunkelheit empfängt ihn. Erst allmählich sieht er die Halle: ein langes Kirchenschiff. Hoch oben, unter der Decke, fällt spärliches Licht durch schmale Bogenfenster. Auch das Innere ist ihm nicht in Erinnerung. Lichtschimmer, seitlich des Hochaltars, lockt ihn nach vorn. Auf einem Ständer, auf

dem Boden und auf dem Mauersims brennen eine Menge
Kerzen in roten Plastikhüllen zu Füßen einer Marienfigur. Die sitzt in einer Mauernische, ganz in mattes Gold
gehüllt, und glüht im roten Licht der stillen Kerzen. Breitbeinig und sicher sitzt sie in ihrem reichen Faltenkleid
und barfüßig, hoch aufgerichtet, und schaut unter ihrer
Krone lächelnd in die Ferne, in der einen Hand ihr Kind,
in der anderen ein Zepter. Er holt einen dieser Kerzenbecher aus dem Eimer, der am Boden steht, wirft ein Geldstück ein, entzündet ihn und behält ihn brennend in der
Hand und schaut der Frau ins heitere Gesicht:

„Danke, dass du mich zurückgeführt hast, nach so vielen Jahren, ein ganzes Leben seither.", sagt er halblaut,
denn er hat keinen anderen Besucher gesehen.

„Damals wusste ich auch nicht so recht, was mit mir
werden soll, und jetzt stehe ich wieder hier und frage
mich das Gleiche. Ihr habt Susanne zu euch geholt und
ich stehe da und weiß nicht, wie es weitergehen soll ohne
sie. Ihr habt sie mir gegeben, für ein ganzes, schönes Leben, ihr habt sie mir genommen. Ich bin ein halber Mann
geworden; die andere Hälfte hat sie mitgenommen. Und
ich, was soll ich jetzt nur machen?"
Er findet für seine Kerze einen Platz zwischen den anderen und setzt sich auf die Bank hinter ihm und schaut den
Flämmchen in den roten Behältern zu. Er denkt: ich habe
jede Orientierung verloren. Ich weiß nicht mehr, wer ich
bin. Ich habe mich immer festgehalten an ihr und sie an

mir. Zuletzt konnte er nur noch ihre Hand festhalten, wie sie noch warm war und danach, als sie kälter wurde, damit sie einen Halt hat und er auch, während er die Zeit durchzittern musste bis ihr Herz still stand und der EKG-Monitor nur noch eine Linie aufzeichnete, und die Geräte abgeschaltet und die Kabelverbindungen zu ihr entfernt wurden, und er selbst fühlte, wie er zu einem Gerät wurde, erstarrte, ein Roboter, der nur noch funktionierte, denn wie sonst hätte er das alles ertragen können! Als er dann alleingelassen war mit ihr und immer noch ihre Hand festhielt, flüsterte er, dicht an ihrem Ohr, und erzählte ihr gemeinsames Leben, so als wäre sie nie dabei gewesen, als wäre sie nicht die Hauptperson gewesen, als müsste es laut ausgesprochen werden, damit es nicht verloren ginge, damit es nicht auseinandergerissen werden würde, sobald sie für immer weggetragen wird. Während er sah, wie ihre Augen immer tiefer in ihr Gesicht einsanken und ihre Wimpern immer kürzer wurden, weil sie zwischen dem Augenspalt verschwanden, so, als wollten sie sich verstecken, um mit ihr mitzugehen, da dachte er:

„Deine Augen waren es am Anfang. Dein Blick in der Menschenmenge hat mich getroffen. Unter all den unzähligen Augen habe ich nur deine gesehen, so flehentlich, so hilfesuchend. Ich habe dir geholfen und dein Blick hat mich verzaubert, für ein ganzes, langes Leben."

Nach ihrem Tod wurde er seiner Gefühle nicht mehr Herr. Er holte sie aus sich heraus, nahm sie in die Hand und schnitt und feilte an ihnen, als würde er eine Wunde ausräumen, solange bis sie in ein Gedicht passten, und ihm war, als wären sie dann nicht mehr bei ihm, sondern auf dem Papier, wie fremde Regungen, wenn er sie immer wieder durchlas, solange, bis er mit seinen nassen Augen nichts mehr lesen konnte:

„Wir seh´n nur unsere Augen
bis in den tiefsten Grund:
Wirst seh´n, wirst seh´n, wir schaffen das,
wirst endlich bald gesund.
Und ihre Augen - immer noch -
ganz glänzend, leuchtend, weiß:
Wir beide ja, zusammen ja,
ganz inniglich und leis.

Am nächsten Morgen, Frühlingslicht,
schließt sie die Augen ewiglich:
Ich werd´ sie nie mehr seh´n."

Jetzt, im Kerzenlicht und vor dieser lieblichen Statue, hat er das gleiche Bedürfnis, ihr Leben vorzutragen und hinzustellen, wie seine Kerze, vor diese lächelnde, goldschimmernde Figur.

Ein Mann, der Küster, kommt aus einer Nebentür, laut klappernd und pfeifend, mit Eimer und Besen und anderen Geräten bepackt. Poltert am Hauptaltar herum, nähert sich dem Gnadenbild und räumt vor ihm die leeren Kerzenhüllen weg, wirft sie schallend in den Eimer und fegt mit seinem Besen am Boden hin und her und zuckt dabei beständig mit der Schulter und beachtet ihn nicht. Dann schaltet er eine Raummusik ein. Ein Chor gemischter Stimmen hallt hohl durch das Gewölbe. Er erhebt sich, streckt seine steif gewordenen Gelenke und betet hinter dem Rücken des Mannes, in seinem Schatten:

„Ich flehe euch an, nehmt Susanne liebevoll auf!“, verlässt die Kirche durch den Seitenausgang, hinaus zu dem wirbelnden und raschelnden Laub am Boden. Er denkt, das sind nur welke Blätter von der Sonnenhitze, nicht die ersten Herbstzeichen.

Als er aus der Kirche in das grelle Sonnenlicht tritt, ist die schmale Straße voller Menschen: Frauen mit Einkaufstaschen und Plastiktüten, Wanderer mit Rucksäcken und Stöcken, Spaziergänger, bäurisch gekleidete Menschen mit dunklen Gesichtern, bunte Touristen, aufgeregt und laut, schwarze, junge Männer mit ihrem Verkaufskram beladen, alte Männer auf Gehstöcken gestützt, die im Schatten der Hausmauern stehen und den Strom der Vorbeiziehenden beobachten. In der Ladenbar gegenüber stehen Trinker bis auf die Straße, mit Gläsern in der

Hand; lärmend sind sie den Passanten im Weg. Die meisten gehen zum Platz mit der Mariensäule, auf dem gerade Marktbuden aufgestellt werden. Er drängelt sich vorwärts, in die Gegenrichtung, zum Ende seines Wegs durch die Hauptstraße, zur Cafébar „Maria vom Weg". Er überquert die Ausfallstraße vor dem Lokal und geht durch den Eingang, wie so oft, als wäre er nie Jahrzehnte weg gewesen. Alles wie früher: der rotbraune Fassadenputz, die Eingangstür aus Glas, die beiden großen Fenster rechts und links, der wulstige Marmortresen, wenige Schritte vom Eingang, quer zum Raum gestellt.

Er freut sich, alles wie in seiner Erinnerung vorzufinden, sogar die weißen Marmortische mit den gusseisernen Zierfüßen, an denen die alten Männer in schwarzer Kleidung immer saßen und Domino spielten, den ganzen Nachmittag lang, in dem verqualmten Raum: nur das Klicken der Dominosteine auf den Steinplatten und dann das Geschrei am Ende jeder Partie und das milde Licht der Wintersonne auf dem Fußboden und der Geruch nach Zigarettenrauch und alten Kleidern und ab und zu der Ruf zum Wirt nach einem neuen Glas und in der Ecke, bei dem kleinen Seitenfenster, der Kanonenofen, an dem er so oft saß, die wohlige Wärme genießend. Das war der einzige wirklich warme Platz für ihn im Winter. Im Kloster der Barmherzigen Schwestern, in dem er wohnte und dass er von seinem Stammplatz am Fenster aussehen konnte, war es kalt, schön, aber kalt, sparsam, klösterlich halt, sagte er sich, denn es gefiel ihm dort und er wollte nichts Nachteiliges denken.

Jetzt sieht er die Gäste dicht bei einander sitzen, die meisten vor einem Espresso, um sich herum aufgestapelt: Rucksäcke, Taschen, Tüten. Und sie warten, wie er später feststellt, auf den Überlandbus oder ein Taxi. Es sind junge Leute, die hier sitzen; ein paar Alte stehen am Tresen und haben ein Glas Wein oder Bier vor sich. Zwei Fernsehbildschirme in den Ecken unter der Zimmerdecke, rechts und links vom Eingang, zeigen eine Diskussionsrunde mit Frauen und einen Spielfilm, stumm. Einige schauen hoch zu den Geräten, andere auf ihr Mobiltelefon in der Hand. Trotz der vielen Leute ist es leise. Er steht mit dem Rücken am hohen Tresen angelehnt und schaut in den Gastraum.

Ein Mann und eine Frau sitzen vor ihm in Wanderkleidung, im Partnerlook. Sie sitzen an einem Tisch, zwischen sich einen Teller mit einem Imbiss für beide. Der Mann hat seine Hand über ihrer Hand auf der Tischplatte liegen. Ihre Knie berühren sich unter dem Tisch. Sie blicken sich nur an. Sie sprechen nicht. Er sieht die nassen Augen der Frau. Still weint sie mit zusammengepressten Lippen. Das Gesicht des Mannes kann er nicht sehen. Der erhebt sich dann, nimmt einen Rucksack vom Nebenstuhl und verlässt den Saal mit gesenktem Kopf. Haltlos rollen Tränen aus den Augen der Frau, die sitzen bleibt, die

Hand noch immer auf der Tischplatte, neben dem Imbissteller. Dem Mann schaut er nach, sieht ihn draußen vorm Fenster, wie er kurz steht und zurückblickt, durch die Scheibe, und dann über die Straße, an der Kirche vorbei entschwindet. Er kann die weinende Frau, die starr sitzt und ins Leere schaut, nicht weiter ansehen, dreht sich um zu der jungen Bedienung hinter dem Tresen und bittet um einen Kaffee. Da stand früher ein kleiner, runder Wirt, dessen Namen ihm nicht einfällt. Er rechnet die Jahre nach: wenn überhaupt ein Familienmitglied, dann könnte diese Frau die Tochter der Tochter des früheren Wirtes sein. Er will nicht nachfragen. Er müsste sich sonst erklären. Er nennt nochmal seine Bestellung in die Richtung der Frau. Sie beachtet ihn nicht und gibt sich weiter mit den Männern ab, die an der Theke lehnen, lachend.

Hier hat er sich aufgehoben, so geborgen gefühlt! Sie kannten ihn. Sie nahmen es hin, wenn er hier am Fenster, am Ofen saß, auch ohne eine Bestellung. Der Wirt redete mit ihm, zurückhaltend, höflich. Nicht immer verlangte beiden nach einem Gespräch. Ruhig war es oft am Vormittag. Die großen Fenster ließen einen Rundblick nach draußen zu, von seinem warmen Ofenplatz aus, auf die Straße, auf der sich wenig tat, auf die Festungskirche, zum Eckhaus des Rechtsanwalts, auf die paar Fußgänger,

die vorbeigingen oder auf einen kurzen Schluck herein-
kamen und die Stille verscheuchten. Wie im Café Carmen, findet er auch hier die frühere Geborgenheit nicht.
Vielleicht müsste er öfter hier sein, sagt er sich, denn irgendwie, trotz dieser neuen Atmosphäre, wie im Wartes-
aal, gefällt es ihm. Die Wirtin hat ihn doch gehört. Sie
stellt eine Tasse zu ihm auf die Tresenplatte ohne ihn dabei anzusehen. Er trinkt schnell den lauwarmen Kaffee,
widerwillig, legt den Geldbetrag, den er oben auf der
schwarzen Tafel abgelesen hat, auf die Platte und geht zur
Tür. Wo früher der Kanonenofen stand sind jetzt zwei
Spielautomaten, das fällt ihm noch auf, während er sich
durch die engen Stuhlreihen schiebt.
Am Fenster, neben dem Ausgang, bleibt er stehen und
blickt hinaus auf die Straße. Wie oft war er hier, an den
Nachmittagen von seinem Sitzplatz aufgestanden, stellte
sich ans Fenster und schaute lange auf die Bewegungslosigkeit draußen, denn selten bewegte sich etwas vor dem
Fenster, sobald alle Spieler eingetroffen waren, die jeden
Tag hier saßen.

An jenem Nachmittag war es anders. Von dieser Stelle
aus sah er die ersten Schneeflocken in diesem Jahr fallen:
erst bauschig und langsam und überraschend, dann immer heftiger, und immer dämmriger wurde es im Gastraum und immer stiller hinter ihm. Der Schnee stieg

schnell an und hüllte bald alles ein: Drüben, den Vorgarten der Kirche, das Dach des Arkadengangs, den Gehsteig an der Ausfallstraße, auf der kein Auto fuhr, die Platanenallee an ihrem Rand, die Haupt- und Ladenstraße,
die hier mündete und mit einem dichten Schneevorhang
verdeckt war. Da tauchten die ersten Tiere auf: Schlanke,
unruhige Pferde, schwere Ackergäule, Esel, braune
Maultiere, verschieden groß, und schwarz vermummte
Treiber mit Stöcken. Der Auftrieb zum Pferdemarkt an
der Bar vorbei und links auf den Platz neben der Straße:
Die dunklen Tiere, die schwarzen Männer unter ihren
breiten Hüten und der helle Schneefall, von der warmen
Stube aus betrachtet. Lange beobachtete er den Auftrieb
von immer mehr Tieren. Beobachtete wie sich der Platz
mit den dunklen Leibern füllte, wie die Treiber hin und
her liefen, um die Pferde von den Eseln und Maultieren
zu trennen und in Gruppen zusammenzuhalten, wie Stroh
aufgeschüttet wurde auf den verschneiten Boden. In seinem Rücken das leise Klicken der Dominosteine auf den
Tischplatten, die schweigenden Männer und draußen das
geräuschlose Treiben. Dann sah er die Gestalt, die sich
von diesem Treiben löste und vom Platz her auf die Bar
zu rannte, im schwarzen, flatternden Umhang, die Tür
aufriss und hereinschrie:

„Die Pferde, schnell, sie sind ausgebrochen. Helft,
wer helfen kann!"

Hinter ihm erhob sich ein Geschrei. Die Männer redeten wild durcheinander. Einige drängten sich mit ihren Jacken unterm Arm an ihm vorbei hinaus. Er dachte an seine Kleidung. Er war schlecht angezogen für dieses Wetter. Hätte er nur auf den Grand gehört, als dieser vom harten Winter redete! Er ging mit hinaus und stellte sich zur Gruppe der Männer aus der Bar, die sich vom Treiber die Richtung zeigen ließ, in der die Tiere geflohen waren.

„Mindesten sechs Pferde von den Hengsten und zwei größere Maultiere.", berichtete der Mann außer sich.
Der Schnee reichte ihm bis über die Schuhschäfte. Er spürte sofort die Nässe an den Füßen. Sie hasteten alle am Kloster vorbei und weiter die kurze Straße bis zum Rand der Ebene. Der Wind im offenen Gelände trieb ihnen den Schnee beißend ins Gesicht. Er konnte wenig sehen. Einer von ihnen schrie:

„In der Mulde, drüben beim Beni seinem Stück. Die Pferde sind schlau, dort sind sie geschützt."
Mit den anderen watete er durch den Schnee vorwärts ohne Weg oder Steg. Er fror. Tatsächlich sahen sie nach kurzer Zeit die dunklen Tierleiber zusammengedrängt in einer Mulde des Felds stehen, ihre Rücken schon schneebedeckt, umringt vom fahlen Riedgras, das noch aus dem Schnee ragte. Einer der Männer hieß sie, langsam und ruhig die Tiere einzuzingeln. Er war erleichtert, dass er jetzt einen Sinn darin sehen konnte, mitgegangen zu sein und

stapfte, trotz seiner frierenden Füße, bis zum entlegensten Punkt der Herde. Die Tieraugen, weit und weiß, waren auf ihn gerichtet, soweit er das durch den peitschenden Schnee erkennen konnte. Der Anführer näherte sich vorsichtig dem vordersten Pferd, streichelte und tätschelte es und sprach mit ihm nahe am Ohr, zog es an der Mähne sanft aus der Mulde; nach ein paar Metern folgten die anderen Tiere und die umstehenden Helfer rückten ihnen langsam nach. Willig gingen alle im Kreis der Männer über das Feld, durch die Straße am Kloster, wo der Wind ruhig wurde und der Schnee in dicken Flocken geradewegs von oben auf sie fiel, gingen an der Bar vorbei. Stolz war er, so an den Fenstern vorbeizuziehen, hinter denen die übrigen Gäste, die es vorgezogen hatten im Warmen zu bleiben, standen und sie beobachteten.

Es war der Weihnachtstag. Am Vorabend, da war an Schnee noch nicht zu denken, schenkte ihm Anna ihr Lieblingsbuch: Werke des Johannes vom Kreuz, eine zerlesene Ausgabe in geprägtem Leinen. Für sie war ein solcher Besitz wertvoll; gerührt nahm er ihn entgegen, weil sie damit zeigte, dass sie bereit war, ihm alles zu schenken: Ihre Gefühle, ihre Fürsorge und ihre Habe. Das Buch hat er noch heute in seinem Bücherschrank stehen, als ein wertvoller Besitz. Sie schien ihm bekümmert zu sein und wollte nicht so recht reden, bis sie auf sein hartnäckiges Fragen sagte:

„Ich wollte dich zum Weihnachtsabend bei uns zu Hause einladen. Ich habe mich so gefreut, daran zu denken und habe mir die ganzen Tage ausgemalt: mit dir in unserem warmen Wohnzimmer, am geschmückten Tisch mit dem vielen Essen, das ich mir ausgedacht habe, etwas Besonders als Abwechslung zu deiner Klosterkost. Es sollte für dich eine Überraschung sein. Aber meine Eltern meinten, das ginge nicht; das gehöre sich nicht. Die Leute würden reden."

„Warum, weil ich ein Fremder bin, und keiner so recht weiß, woher ich komme und wohin ich gehe, wie sie so sagen?"

„Nein, das ist es nicht. Das hat damit nichts zu tun." Er ahnte, worum es ging und wollte es von ihr hören.

„Sag Anna, was ist los?"
Sie schaute ihn verzweifelt an oder eher hilflos. Er bedrängte sie weiter:

„Ist es, weil wir...?"
Sie schnitt ihm das Wort ab:

„Ja, deswegen."
Das Wort fiel nicht; auch nicht von ihr, was er provozieren wollte. Dann gab sie ihm ihr Buch mit einer Widmung in ihrer schönsten Schrift und lächelte tapfer mit etwas feuchten Augen, wie ihm schien.
So verbrachte er die Heilige Nacht drüben im Haus am Pferdemarkt, eingeladen vom Rechtsanwalt, seiner Frau und seiner Schülerin. Um Mitternacht brachen sie alle

auf, satt und warm, und machten sich auf den kurzen Weg
zur Hauskapelle seines Klosters. Der Neuschnee hatte inzwischen alle Spuren zugedeckt. In einem fahlen Licht,
das der Schnee selbst auszudünsten schien, denn außer
dem sprühenden Sternenhimmel, sah er keine andere
Lichtquelle, stapften sie durch die glatte, unberührte Flä-
che, vorbei an der dunklen, schlafenden Cafébar, mit seinen immer noch feuchten Schuhen.

Ein Dröhnen schreckt ihn auf. Ein Überlandbus hält
vor der Bar und verdeckt die Sicht aus beiden Fenstern.
Hinter ihm beginnt ein Rumoren und Stühle Rücken. Die
ersten Reisenden drängen an ihm vorbei nach draußen.
Er lässt sich mitziehen, hinaus in die Hitze, die wie eine
Wand vor der Bar steht. Durch das Knäuel der Aus- und
Einsteigenden schiebt er sich auf dem schmalen Gehsteig
und steht dann, nach wenigen Schritten, in der Seiten-
straße zum Kloster vor einem hohen Zaun aus Eisenstre-
ben, hinter dem sich Büsche und Bäume an die Stäbe drücken und dazwischen der gelbe und ziegelrote Bau des
Klosters durchscheint. Das hohe Gittertor zum Vorgarten
ist mit einer Kette verschlossen. Aber im Tor selbst findet
er eine Türe angelehnt, durch die er auf einen Vorplatz
kommt, der ausladend bis zur Freitreppe am Hauseingang
glatt und rotbraun zementiert ist. Früher war da ein weißer Kiesweg erinnert er sich.

Auf diesem Zementplatz sitzen und stehen Menschen,
auch auf der Treppe und oben auf der Eingangsterrasse.
Überall, wo er hinschaut, sieht er alte Leute in Klapp-
stühlchen kauern und auf Gehstöcken umhergehen; zwei
sitzen in Rollstühlen auf der Terrasse und seitwärts auf
den Gartenwegen bewegen sich ebenfalls Frauen und
Männer, teils in Trippelschritten, teils gebeugt. Einer der
Rollstuhlfahrer steht oben vor dem Bogenfenster seines
ehemaligen Zimmers direkt neben dem Eingangsportal.

Damals war das alles menschenleer hier, scheinbar unbewohnt. Es war ihm, als wohnte er allein in diesem mächtigen Gebäude. Am ersten Tag seines Einzugs erklärte
ihm die Oberin, es würden hier Schwestern und Waisenkinder untergebracht sein, ab und zu durchreisende Priester, wozu auch sein Zimmer diente; aber nie begegnete
ihm einer der Bewohner. Wie von Geisterhand wurde er
bedient, bewirtet, versorgt, seine Wäsche gepflegt, sein
Zimmer gereinigt, sein Essen auf- und abgetragen, dreimal am Tag, in einer Loge auf dem Gang, in dem nur ein
großer, quadratischer Tisch mit einem einzigen Stuhl
Platz fand. Das Essen stand bereits auf dem Tisch, wenn
er eintrat: ein einfaches Mahl, aber in aufgehäuften
Schüsseln und Terrinen, nur für ihn allein und eine Flasche Rotwein und ein Krug Wasser und an Weihnachten
eine Flasche Weißwein und Cognac obendrein. Die Oberin der Barmherzigen Schwestern hatte er gesehen, als er

sich um diese Wohnung bewarb und einmal am Monats-
ende, wenn er die bescheidene Rechnung für diese Pen-
sion bezahlte.

Das alles geht ihm durch den Sinn, während er die Ein-
gangstreppe hochgeht, beobachtet, wie ihm scheint, von
allen diesen Menschen ringsum. Die Eingangstüre war
damals aus schweren Holzkasetten und stand für ihn immer angelehnt für sein nächtliches Heimkommen. Jetzt
ist sie aus leichtem Glas, halb geöffnet. Er tritt in einen
Vorraum mit einer Pförtnerloge, in der er niemanden
sieht, und dann durch eine Zwischentür in den Quergang,
der hell im Sonnenlicht liegt. Früher war das ein strenger,
kahler Flur. Jetzt glaubt er sich in einem Gewächshaus:
Topfpflanzen aller Größen und Arten stehen in Mengen
längs der Wände auf Ständer, am Boden, hängen in Am-
peln von der Decke, zwischen Figuren und Bildern: eine
mittelalterliche Dorfidylle schaut er sich genauer an und
eine englische Pferdejagd, Fototafeln von Jubiläen Hun-
dertjähriger und mehr als hundert Porträts alter, meist
freundlich abgelichteter alter Frauen und Männer. Seine
Speiseloge am Ende des Ganges ist nicht mehr. An ihrer
Stelle sieht er eine lebensgroße, gipsweiße Marienstatue.
Die Tür seines alten Zimmers, gleich rechts am Eingang,
steht offen. Er schaut sich um. Auf dem Gang und auch
im Zimmer ist niemand zu sehen, also geht er hinein. Er
erkennt es nicht wieder: er steht inmitten eines sonnigen,

farbigen Raums mit roten Polstermöbeln, auch hier Topfpflanzen und Sträuße künstlicher Blumen und jeder freie
Patz verstellt und verhangen. Sein Zimmer hat er klösterlich in Erinnerung: Bett, Tisch, Stuhl und ein Kleider-
schrank mit einer knarrenden Tür, Vorhänge, die das
Licht aussperrten und dunkelgrüne Wände und keine
Heizung. Im Winter fror er. Auch im Bad über dem Gang,
das er allein benutzte, fror er und musste sich daran ge-
wöhnen, kalt zu duschen und zu waschen, auf den weißen, kalten Fliesen und im Wohnzimmer daneben, einem
Rokokosaal ähnlich, fror er auch; gemütlich war es nicht
zwischen den zwei offenen Marmorkaminen und auf den
wackligen Polsterstühlen mit ihren hohen, verschnörkel-
ten Rückenlehnen. Aber er durfte es allein bewohnen,
wann immer er nach Häuslichkeit verlangte und sich wie
ein kleiner Schlossherr fühlen wollte, in diesem stuckver-
zierten Saal, der Welt draußen und der Zeit entrückt. In
diesem Refugium fand er sich geborgen. Besitz hatte er
keinen; ebenso wenig Verpflichtungen, denn sein Unterrichten war ihm reine Unterhaltung und Zerstreuung. Das
gab ihm ein Gefühl von großer Leichtigkeit, ja Freiheit.
Freiheit, die Schönheiten des Lebens, die er erahnte, zu
suchen und auszukosten und auf seinen Wanderungen
hochfliegenden Gedanken und Vorstellungen nachzuhän-
gen. Nachts vorm Einschlafen hörte er dem Wind zu, der
aus der Ebene anstürmte, sich draußen an der Hausecke,

neben seinem Fenster schnitt und aufheulte in einem hohen, schrillen Jaulen oder leise wimmernd über seine Holzläden vorm Fenster strich und an der Eingangstür rüttelte. Er überlegte dann immer ob er sie abgeschlossen hatte bei seinem nächtlichen Heimkommen.

Einmal fand er einen Zettel in schöner, zierlicher Schrift auf seinem Tisch im Zimmer liegen nach-dem er durch das Fenster eingestiegen war:

„Mein Herr, ich schließe heute Abend die Eingangstüre ab und lasse ihnen dafür das Fenster angelehnt, damit sie hereinkommen können."

Lange war er in jener Nacht vor der verschlossenen Eingangstür gestanden, im pfeifenden Wind, überrascht und verwirrt, bis er sich verzweifelt auf die Fensterbank seines Zimmers setzte und feststellte, dass das Fenster angelehnt war und er leicht einsteigen konnte. Dann hatte er den Hinweis im Zimmer gelesen. Er zerbrach sich damals den Kopf, wer ihn geschrieben haben könnte. Die kleine, liebliche Schwester, die er am Anfang gesehen hatte und dann nie wieder? Sie sagte zu ihm:

„Sie brauchen doch nicht so früh aufzustehen, mein Herr. Ich kann ihnen das Frühstück ans Bett bringen".

Die Vorstellung, dieses, in ihrer Unschuld blühende Schwesterchen morgens vor seinem zerknautschten Gesicht und zerwühlten Haar zu sehen, hatte ihn gezwungen, noch früher aufzustehen. Sanft lehnte er ihr Angebot ab und hat sie nie mehr gesehen. Wahrscheinlich, sagte er sich, war sie es auch, die seine Wäsche so sorgfältig zurechtlegte, gebügelt und geflickt. Aber er musste diesen Wunsch nach Unsichtbarkeit achten, obwohl er manchmal versucht war, sich auf die Lauer nach ihr zu legen.

„Kann ich ihnen helfen? Suchen sie etwas?" sagt eine leise Frauenstimme neben ihm. Erschrocken dreht er sich um und schaut in ein Lächeln und dunkle Augen. Die junge Frau trägt die Kleidung einer Krankenschwester in Weiß.

„Verzeihung, ich habe mal hier gewohnt, in diesem Zimmer."
Jetzt möchte ich mich nur umsehen. Es ist schon sehr lang her. Ich konnte auch das Bad über dem Gang und den Salon dort benutzen."
Sie sieht ihn zweifelnd an.

„Wer sind sie? Wieso konnten sie hier wohnen? Sind sie Priester, oder?"

„Ich war Student auf der Durchreise, das heißt, ich habe mich hier im Ort fast ein Jahr aufgehalten und durfte hier wohnen und wurde von den Schwestern umsorgt, so gut wie ein Bischof, so feudal, meine ich."
Ihr rundliches, warmes Gesicht entspannt sich.

„Ich wusste nicht, dass Externe hier wohnen durften. Die Schwestern sind nicht mehr. Die letzten waren noch wenige und sind in ihr Mutterhaus umgezogen. Das ist aber schon sehr lang her. Wir sind jetzt ein Altersheim. Unseren Alten gefällt es hier gut. Die meisten fühlen sich sehr wohl. Wir haben sogar welche, die früher schon als Waisenkinder hier waren. Sie sind im Alter wieder zurückgekommen."

„Ich habe mich hier auch sehr wohl gefühlt. Ich wurde sehr umsorgt von den Schwestern, obwohl ich sie nie zu Gesicht bekommen habe."

„Ja, es waren barmherzige Schwestern; die Barmherzigkeit war ihr Auftrag. Da haben sie Glück gehabt, dass sie unter ihre Fittiche geraten sind. Jetzt gibt es hier keine Zimmer mehr für Externe."

Er denkt an seine niedrigen Pensionsrechnungen von damals und fragt sie, ob er eine Spende geben dürfte und reicht ihr einen Geldschein, als sie nickt. Er wolle noch in die Hauskapelle, sagt er ihr, und sie hält ihm die Tür auf neben ihnen. Der Raum hat ihn früher schon abgeschreckt. Auch jetzt fühlt er sich zunächst unwohl hier: der Geruch, die glänzende Holzverkleidung an den Wänden, die schrecklichen Figuren und Bilder! Trotz allem geht er nach vorn und kniet sich auf eine Bank und versinkt in seinen Gefühlen: damals schlich er sich hier herein, in den menschenleeren Saal, selten, stellte sich an die Türe, lies die Stille und Abgeschiedenheit auf sich wirken und erahnte eine andere Welt.

Jetzt fallen die vielen Jahre ab als wäre er gestern hier gewesen: vertraut ist ihm alles und doch fremd, lange nicht gesehen. Er versucht beides zusammenzubringen.

Drehen wir uns im Kreis, fragt er sich? Kommen wir immer wieder an die gleichen Stellen zurück? Oder ist es eine Spirale, auf der wir uns auf und ab drehen? Wir kommen an die gleichen Plätze zurück: erhoben oder erniedrigt. Mit Glück drehen wir nach oben, mit Pech nach unten. Es wäre keine schlechte Einrichtung im Leben, so eine Konfrontation mit dem Gestern an gleicher Stelle. Was ist aus ihm geworden in all den Jahren; außer älter zu sein, mehr zu besitzen, viel gearbeitet zu haben, sie gefunden und verloren zu haben und Schmerzen im Knien zu spüren? Heute fühlt er sich zu sehr beschäftigt mit seiner Vergangenheit im Ort, seinen Erinnerungen, als dass er die Antworten hier in der Kapelle finden könnt:

„Herr, erbarme dich unser."

Auf dem knarrenden Boden geht er aus dem Saal und verlässt das Haus durch den sonnendurchfluteten Gang - die Schwester ist nicht zusehen - über die Freitreppe, auf der er gekommen war. Auf den Stufen stellt er fest, dass er ganz tief in sich gehofft hat, ja, dass er überzeugt war, hier wieder übernachten zu dürfen, für die Zeit, die er im Ort sein wollte. Trotzdem grüßt er alle, die er in seiner Nähe sieht, mit einem Lächeln und Kopfnicken, das offensichtlich freudig erwidert wird.

„Ich war schon längst vor euch hier - bis auf die Waisenkinder - und habe altes Hausrecht", flüstert er. Jetzt nimmt er auch den parkähnlichen Garten wahr, der sich rechts und links des Eingangs ausdehnt, über die ganze Längsseite des Gebäudes: Blütensträucher, halbstämmige Bäume und gepflegte Rasenflächen und einen Springbrunnen. Er geht durch das Gartentor nicht zur Bar zurück, sondern links die Straße hoch, aus dem Ort hinaus. Nach wenigen Minuten steht er am Rand der Ebene. Hier waren sie im Winter auf der Suche nach den Pferden gewesen. Jetzt leuchten golden die Stoppelfelder bis zum Horizont, und der Himmel stülpt seine dunkelblaue Glocke darüber. Er überquert eine Asphaltstraße, die es damals nicht gab, überspringt den Straßengraben und geht querfeldein in östlicher Richtung, vor ihm am Horizont ein Erdhügel, der einzige weit und breit. Das Stroh raschelt und splittert unter seinen Füßen. Die Erde ist hart und rissig. Die Ernte liegt wohl einige Zeit zurück, denn zwischen den Stoppeln sprießt schon neues Grün. Die Sonne brennt, aber laue Windböen nehmen ihre Glut ab und zu mit. Er atmet begierig diese würzige Luft ein, schließt die Augen und hört in die Stille. An einem tiefen Feldgraben, quer zu seinem Weg, macht er Halt. Durch das hohe, ausgeblichene Riedgras, zwischen die blühenden Disteln und Ginsterbüsche und den trockenen Rosmarin will er sich jetzt nicht durchschlagen. Er ist unruhig und kehrt um. Von hier aus erscheint ihm der Ort, inmitten der abgeernteten Kornfelder, als läge er auf einem goldenen Teller.

Diesen Weg hatte er immer genommen für seine Wanderungen. Hier ist er auch damals mit dem Esel unterwegs
gewesen. Er hatte am Tresen gesagt, er wolle im Nachbar-
ort die alte Kirche anschauen. Das waren etwa zwei
Stunden Fußweg.

„Da kannst du meinen Esel nehmen", bot ihm einer
an, dann bist du im Nu dort."
Die anderen lachten. Den Grund ihrer Heiterkeit verstand
er erst später. Am nächsten Morgen ging er zum Stall
ganz in der Nähe. Er traute der Sache nicht. Aber der Besitzer wartete schon auf ihn, führte das Tier vor und zeigte
ihm, wie man es reiten solle. So einen hohen Esel hatte
er noch nicht gesehen. Er war dürr, alt, fast schon weiß
und seine Wirbelsäule stach hoch aus seinem Rücken.
Aber sein Besitzer ritt munter mit ihm hin und her.

„Wenn er mal nicht schnell genug läuft, musst du nur
mit der Zunge schnalzen."
So setzte er sich auf das Tier, was er noch nie zuvorgetan
hatte, auf das knochenharte Rückgrat und zog langsam
davon. Er wollte sich eingewöhnen und vertraut machen
bevor er einen schnellen Trab einlegte. Das Tier schritt
gemächlich die Straße entlang und blieb dann stehen. Er
schnalzte mit der Zunge und der Esel drehte seine hohen
Ohren zu ihm und ging weiter. Was er auch anstellte, das
Tempo konnte er nicht steigern. Zu Fuß wäre er schneller
vorangekommen, stellte er fest. Er lenkte das Tier weg

von der Straße durch den Straßengraben auf das Stoppel-
feld und von da kam er auf einen staubigen Feldweg, der
schnurgerade bis zum Horizont führte. Er musste jetzt
immer öfter mit der Zunge schnalzen. In der Hitze und
Trockenheit fühlte er sie anschwellen und seinen Gau-
men wund werden. Er hatte sich auf einen kurzen Ritt
eingestellt und keinerlei Proviant und Wasser dabei.
Dann wurde der Esel langsamer und langsamer in seinen
Bewegungen und erstarrte schließlich. Mitten auf dem
Weg stand er, mit weit ausgestellten, staksigen Beinen,
den Kopf bis zum Boden gesenkt. Selbst das mühsame
Zungenschnalzen bewegte ihn nicht mehr. Er stieg ab,
zog und zerrte an der Schnur, die er um den Hals trug,
vergeblich. Er machte eine Pause, setzte sich auf den
Ackerboden in den kurzen Schatten eines Ginsterbu-
sches. Der Esel legte sich auf eine Strohfläche zu seinen
Füßen und regte sich nicht mehr. Nach langer Rast konnte
er ihn zum Gehen bringen, indem er brutal am Strick um
seinen Hals zog und laut fluchte, aber sobald er versuchte
aufzusteigen bockte das Tier wieder. So kam er erst nach
ein paar Stunden an sein Ziel, den Esel hinter sich herzie-
hend. Die gewaltig große Kirchenburg mit den kleinen
Dorfhäuschen ringsum war geschlossen. Die Lust, das
mächtige, figurenreiche Eingangsportal zu besichtigen
war ihm vergangen. Er setzte sich auf die Kirchenmauer
und fühlte sich ausgezehrt und müde. Der Esel stand neben ihm mit hängendem Kopf. Zwei Dorfbuben näherten

sich, bestaunten sein hohes Tier und baten, reiten zu dürfen. Einer setzte sich auf und galoppierte, ohne weiteres, kreuz und quer über den Kirchplatz, schlug Hacken, machte scharfe Kehrtwenden, sodass Steine und Sand unter den Hufen aufspritzten, kam zurück und drückte höchste Bewunderung aus für das prächtige Reittier. Er jedoch musste den Weg wieder zurückreiten in quälender Langsamkeit. Schließlich stieg er ab und führte das Tier, das lustlos hinter ihm her trottete. Kurz vor dem Stall stieg er auf. Er wollte dem Besitzer nicht den Spaß gönnen. Der Esel, der Heimatluft witterte, verfiel in einen munteren Trab und so kamen sie stürmisch durch das Hoftor. Der Mann erwartete sie in der Hofmitte und traute wohl seinen Augen nicht. Zwei Tag lang konnte er sich nicht richtig setzen, so wund hatte ihn der Esel gescheuert, obwohl er doch die meiste Zeit gelaufen war.

Er geht die Straße, auf der er vor kurzem den Ort verlassen hat zurück. Die Pappelallee, die früher seinen Weg säumte als wollte sie ihn aus dem Ort geleiten, ist abgeholzt. Ihr gelbes Lodern in den blauen Herbsthimmel hatte sich tief in sein Gedächtnis eingeprägt und immer, wenn er sich an seine Wanderungen erinnerte, war sie ihm vor Augen und wurde ihm zum Markenzeichen seines Ortes. Jetzt erst fällt ihm auf wie stark hier alles verändert ist. Die Straße ist als Eingangstor für Touristen

und Wanderer dekoriert: anstelle der Bäume liegen Ro-
senrabatten mit Täfelchen zwischen den Stauten in die
Sinnsprüche graviert sind:

„Sie können alle Blumen ausreißen, aber niemals den
Frühling aufhalten."
Oder:

„Hinterlasse keine Spuren auf deinem Weg. Er möge
Spuren in dir hinterlassen."
Werbeplakate, Informationstafeln, Landkarten. Zwischen
verlassenen, ländlichen Bauten, Hofmauern, Schuppen
und Lagerräume stehen kleine, neue Ziegelhäuser, entlang der Straße: Reihenhäuser mit Vorgärtchen und holz-
lackierten Eingangsportalen. Sie lassen nur einen schmalen Durchblick frei zum uralten Kloster der Klarissinnen,
das er in der Mittagssonne verträumt und verlassen sieht.
Er hat es noch nie besucht. Dieses morsche Hoftor in der
hohen, weißen Mauer könnte zum Eselstall geführt haben. Er überquert die Straße und späht durch die Spalten
zwischen den Torlatten. Der Hof dahinter ist kleiner, als
er ihn im Gedächtnis hat. Meterhohes Unkraut steht zwischen den Bodenplatten. Der Stall ist eingefallen. Im
Wohnhaus daneben sind Türe und Fenster verbarrikadiert, und Metallschrott häuft sich entlang seiner Fassade;
auch die anderen Mauern und landwirtschaftlichen Gebäude an der Straße verfallen. Er hat draußen am Ortsrand neue Lagerhallen gesehen: Die alte Bauernwirt-
schaft im Ort wurde wohl ausgelagert? In dem weißen

Gebäude, an dem er vorbeigeht und für einen Lagerhalle
hält, steht eine Türe offen. Er geht ein paar Stufen hoch,
über einen überdachten Vorplatz, durch die Tür und steht
verwundert in einem Kapellenraum: in einem hohen go-
tischen Saal, der verfallen wirkt und gleichzeitig neu. Im
Hintergrund, die Altarwand mit einem goldenen Retabel,
in dem Bildtafeln fehlen, glänzt in einem Scheinwerfer-
kegel. An der Stelle, wo ein Altar stehen sollte, sitzt ein
Mann mit einer Gitarre auf dem Knie, und ein Mädchen
richtet Blätter auf dem Notenständer, der davorsteht. Sie
reden miteinander, aber er kann sie wegen der Entfernung
nicht verstehen. Ihn beachten sie nicht. Er setzt sich auf
einen wackligen Stuhl in der Nähe des Eingangs. Er sieht
auf Bruchstücke von Fresken an der Wand, ihm gegenüber, im Altarraum Baumaterialien, Farbeimer, Leitern,
alles um den Musiker gestapelt, ein junger Mann mit Bart
und langen Haaren. Er sieht auf dem Boden helle, neue
Bretter, abstrakte Bildtafeln, an die Wände gelehnt. Und
zwei nackte Spielzeugpuppen schweben mitten im
Raum, an langen Fäden, als flögen sie von der Decke
herab. Die ist im hinteren Teil hellblau, die Basreliefs
hellgelb, frisch gestrichen und über seinem Kopf abgeblättert, in großen, dunklen Flechten. Er riecht Nitro, Ter-
pentin und Öl.

Der Musiker stimmt die Gitarre. Das Mädchen setzt sich an seine Seite, legt ihre Hände in den Schoß und senkt ihren Kopf. Dann spielt der Mann mit hoher Geschwindigkeit und stark rhythmischer Phrasierung ein Präludium - vermutlich von Bach - und ohne Pause, eine mehrstimmige Fuge. Er wundert sich über diese Vielstimmigkeit aus nur einer Hand. Hell und klar füllen die Töne den Raum, der wegen seiner Leere eine gewaltige Akustik entwickelt. Die Läufe und Triolen strömen aus den Fingern des Mannes, schwingen sich hoch bis zur Decke und schweben abwärts bis zu ihm und nehmen ihn auf in die Höhe, immer weiter, immer weiter.

Der Spieler bricht ab, und nach einem Wortwechsel mit dem Mädchen beginnt er von neuem: diese alte, neu Musik, dieser alte, neue Raum, diese gegenwärtige Vergangenheit, denkt er, Gestern und Heute verschmolzen zu einer Zeit, die keinen Namen hat! Er lässt sich von den Melodien durch den Raum tragen, so wie die beiden Plastikpuppen an ihren Fäden. Da ist er mit einem Mal ganz da, da gibt es keine Gedanken mehr in die Vergangenheit und in die Zukunft; da gibt es nur dieses Mitschwimmen in den strömenden Tönen.

Als der Musiker endet, klatscht er kräftig und hallend in die Hände, und der Mann erhebt sich, verbeugt sich und lacht dabei. Wieder auf der Straße, zurückversetzt von seinem Höhenflug, liest er die Ankündigung eines Gitarrenkonzerts für den Abend. Das wird er nicht besuchen können; er hat noch so viel vor.

Den Weg von hier aus zum Friedhof hat er nicht vergessen. Er geht am Rückgebäude des Klosters die Platanenallee hinauf, im Rascheln ihrer großen, verkrümmten, wie im Schmerz verwelkten Blätter am Boden. Er geht entlang der morschen, gelben Stadtmauer, bis zum Kreisverkehr und taucht in die Gasse mit den weißen Hausreihen ein. Ihre Sonnenseite blendet. Die gegenüberliegende Schattenseite ist blau vom Widerschein des Himmels. Dort, schon am Rand des Orts, geht er an den buckligen Häuschen vorbei, die so in Reih und Glied stehen, als seien sie der unzähligen Trauerzüge leid, die sie an sich vorbeiziehen lassen mussten. Sie schauen drein, als ob ihre Bewohner ihm längst vorausgegangen wären, zu ihrer endgültigen Bleibe. Der lichtblaue Schatten übertüncht gnädig ihre Brüchigkeit. Manche scheinen dem Einsturz nahe zu sein. Ihre Ziegeldächer sind eingedellt; ihr Putz ist bis zur Grundmauer ausgebrochen. Aber zwischen diesen öden Zeichen der Hinfälligkeit und Vergänglichkeit bemerkt er neues Leben: Klinkerfassaden mit Ziergittern und Stuckornamenten, glänzend frisch, drängen sich dazwischen. Ab und zu sieht er eine Bank am Eingang stehen.

Er setzt sich vor ein Haus auf der Schattenseite, dessen Rollläden herabgelassen und mit Zetteln ZU VERKAU-FEN beklebt sind. Er ist seit heute Morgen auf den Beinen, abgesehen vom kurzen Sitzen in der Konzertkapelle und vor dem Laden von Grand. Er fühlt einen schweren Gang vor sich:

„Was, wenn er Namen findet, die er nicht finden will?"

Es gibt nirgends Pflanzen oder Schmuck, wie er sie entlang der Straßen gesehen hat, die er heute gegangen ist, nur grünen Wildwuchs in den Rissen und Furchen der kleinen Gehsteige. Hinter einigen vergitterten und verhangenen Fenstern zur Straße hört er hohle Stimmen aus Radios oder Fernsehern und Klappern von Geschirr zu dieser späten Mittagszeit. Die Geräusche schallen weit in dieser Abgeschiedenheit. Er befürchtet, ein Bewohner könnte aus einer der offenen Haustüren treten und ihn befragen oder anstarren. So erhebt er sich und geht seinen Weg weiter.

Die letzten Gebäude sind kleine Werkstätten und Schuppen mit Hoftoren aus Lattenholz oder Blech, hinter denen Ruhe herrscht. Die Gasse endet an einer Landstraße, die an der Ebene entlangführt. Auch hier sind die alten Pappeln nicht mehr, die einmal längs des Straßengrabens auf der Feldböschung standen. Er erinnert sich an die gelblodernden Säulen in den tiefblauen Himmel, damals im Herbst. Auf einem breiten, hell asphaltierten Gehweg geht er, auf dem in gleichen Abständen Betonbänke stehen und junge Erlen in Erdlöchern. Sie bieten kaum Schutz vor der brennenden Sonne und dem Wind aus dem Osten. Fern sieht er den Friedhof am Rand der Ebene, seine weiße Mauer, die in dieser goldbraunen Umgebung leuchtet, und das Ziegeldach der Kapelle, das über die Mauer schaut und die Spitzen der schwarzen Zypressen daneben, die im Wind sich bewegen als winkten sie ihm zu näherzukommen. Das Eisentor ist spaltbreit geöffnet. Er kann sich hindurchdrücken und steht vor einem engen Spalier dieser hohen Bäume, deren Spitzen in den blauen Himmel deuten und sich dabei im Wind wiegen; einladend und erwartungsvoll stehen sie, aufgereiht, bis zum Eingang der Friedhofskapelle und verströmen einen scharfen, würzigen Geruch. Auf den ersten Blick erkennt er die Einteilung in protzige Marmorgrabstätten auf der rechten Seite und links, hinter den Bäumen, schlichte Feldgräber. Er geht unter den Zypressen hindurch zu den Aufbauten aus Marmor, schwarz und weiß, poliert und geriffelt, mit hochragenden Säulen-, Bogen- und Kreuzkonstruktionen. Diese Anhäufung an Platten, Säulen, Kreuzen, Tafeln, Kunstblumen, Gussstatuen und Gipsfiguren lassen ihn schaudern. Weit ragen sie in die Höhe als wollten sie, im Wettbewerb, den Toten die Richtung und den Weg nach oben weisen. Der Wind wird von der Kirchhofmauer abgehalten. In der bleiernen Ruhe, der Hitze, dem Geruch von Zypressen und Faulwasser, an welken Blumen vorbei, geht er gebückt von Inschrift zu Inschrift auf der Suche nach Namen seiner alten Freunde, die er vergessen hat und hofft, beim Lesen wieder zu erinnern und von ihr, Anna, die er zurückgelassen hat, nie vergessen hat, und jetzt hier mit klopfendem Herz hofft, nicht zu finden. Es sind so viele Namen und er erinnert so wenige! Er entdeckt hier keine Hinweise von ihnen. Er will bei den bescheidenen Gräbern suchen! Hinter den wuchtigen Marmorstätten, die so eng beisammen liegen, dass er zwischen ihnen hindurchtrippeln muss, sieht er ruhige Einfriedungen um kleine Steinsockel mit Kreuz und Schrifttafel. Hier könnte er ihre Namen nicht übersehen! Erleichtert atmet er auf, als er keine Daten von ihr und alten Begleitern entdeckt, selbst vom Grand, keinerlei Spuren! Vielleicht lieg er doch in eines der hohen Familiengräber der ersten Reihe, und er hat ihn, zwischen all dem Plunder, übersehen? Aber dorthin möchte er nicht zurückgehen. Entlang der Innenmauer, im hinteren Teil des Gottesackers und im Rücken der Kapelle, sieht er Erdhügel bedeckt mit groben, krummen Holz- und Zementkreuzen und leeren und zerbrochenen Blumenschalen; dort, bei dieser Armseligkeit, braucht er nicht nachzuschauen, auch nicht auf der anderen Seite des Friedhofs, die einer Geröllhalde gleicht, aus der einzelne Kreuze so herausragen, als wollten sie mit letzter Kraft ihn heranwinken. Ihre Einsamkeit erbarmt ihn und er geht zu ihnen. Sie sind aus verschnörkeltem Gusseisen,

rostig oder grau lackiert, mit schwer leserlichen Schrift-
täfelchen auf ihrem Schaft. Tief beugt er sich über diese
Relikte vergangener Zeiten und bemüht sich, Namen und
Inschriften zu entziffern und laut auszusprechen, um sie
so dem Vergessen zu entreißen. Schief stehen sie in der
rissigen, mit Wildkräutern bedeckten Erde, und wurden
doch einmal beweint, denkt er.

„Wenn, würde sie so arm nicht geendet sein".
Hier fühlt er sich den Toten näher als bei den Marmor-
aufbauten, auf der anderen Seite.

„Herr, nimm die Namenlosen und Vergessenen zu Dir.
Du kennst sie ja alle beim Namen. Jeden Einzelnen hast
du gemacht und angenommen und geschaut, dass sie dir
nicht verloren gehen."
Er will für Anna und Susanne in der Kapelle beten, die er
aber verschlossen findet. Er drückt sein Gesicht an die
bunte Verglasung der Fenster. Ihre blinden Scheiben lassen keinen Blick ins Innere zu. Weil er Gott überall weiß
und weil er hier allein ist, stellt er sich unter die Zypressen, die über ihm hoch in den Himmel ragen, still und
ernst, mit scharfen, schwarzen Konturen, und hebt seine
Hände zwischen ihnen nach oben:

„Herr, die Susanne nimm zu dir in deine Arme, und
wo immer Anna ist, schau du auf sie."

Die Toten sind uns näher als die Verschollenen, denkt er, und er denkt an ein Gedicht, das er nach ihrem Tod geschrieben hatte, um dem Chaos seiner Gefühle Herr zu werden:

> Die Toten wären unter uns.
> Sie sähen, liebten, trügen uns.
> Sie wären da wie Morgendunst,
> wie Weihrauch, zart wie Glimmer.

> Sie seien tot, doch lebten sie
> im physikalischen Genie,
> mit Gott in ihrer Mitte.

> So lasst uns denn beisammen sein,
> uns da, euch dort im Seelenschrein,
> mit ungeweinten Tränen.

Er dreht sich um, drückt sich durch den Spalt im Eisentor und steht wieder auf dem Asphaltweg. Da fällt ihm auf, dass er im Friedhof keinen Vogel gehört hat; jetzt, auf seinem Rückweg, in den kleinen Erlen zwitschern sie wild durcheinander. Er scheucht sie auf durch sein Vorbeigehen. Sie verstummen sofort, flattern in Scharen auf, mit einem dumpfen Rasseln, und fallen in den nächsten Baum ein und beginnen von neuem ihren aufgeregten

Chorgesang. Und so geht er, begleitet von ihrem Zwitschern und Flattern von einem Baum zum anderen den
Weg zurück. Er findet eine schattige Bank und setzt sich.
Von seinem Sitz aus kann er in die Ebene schauen bis
zum Horizont, eine gerade Linie zwischen Braun und
Weiß. Auch hier ist das Korn gemäht. Die Stoppeln stehen rotgold in der Sonne und weißgolden glänzt das
Stroh dazwischen, das in großen Lachen auf dem Boden
vergessen wurde. Der Wind trägt den Strohgeruch zu
ihm.

„Anna ist hier nicht", sagte er sich laut, „aber lebt sie
noch? Wo könnte sie sein?"
Er weiß nichts von ihr. Er hat nicht einmal ein Foto von
ihr. Nur ihr ernstes Mädchengesicht mit den dunklen,
großen Augen und den dichten Brauen hat sich ihm eingeprägt, und ihr Lächeln, wenn sie auf ihn zukam, und
ihre Erscheinung im Theater Sarabia zu Silvester. Er hat
sie zurückgelassen und nach kurzer Zeit verloren.

„Die Toten sind uns näher, als die Verschollenen",
wiederholt er. Susanne hat er anfangs täglich an ihrem
Grab aufgesucht, bis ihm aufging, hier kann er keine
Nähe zu ihr finden. Ihr letztes Gesicht hat sich ihm ein-
gebrannt. Aber es war nicht mehr das vertraute Gesicht;
es wurde ihm fremd und fremder; sichtbar und spürbar
und unaufhaltsam entfernte sie sich, still auf ihrem Bett
liegend. Es kamen Züge zum Vorschein, die er noch nie

an ihr gesehen hatte. Aber es fällt ihm leicht, ihre vertrau-
ten, bewahrten, verinnerlichten Gesichter zu beschwören.
Da muss er nicht in der Fotokiste kramen. Das ist zu hart,
diese graphische Konfrontation! Er schließt die Augen
und sieht die junge Frau mit dem weißen Tuch im Haar
unter den Kastanienbäumen oder das Hochzeitsbild: ihr
Gesicht duftig wie der Schleier und ihr Gesicht mit den
Kindern verschmolzen zu einem einzigen Strahlen und
inmitten von Blumen im Garten, selbst wie eine Blume,
und am Meer, ein blauschattiges Schweben und auf den
jährlichen Arbeitsfotos, ein warmherziges, lächelndes
Gesicht, das mit den Jahren immer ausgeprägter wird,
aber nie vergrämt oder verbissen, nur zuletzt zerfurcht
von ihrem Leiden und, trotz allem, mit einem tapferen
Lächeln und in den dunkelbraunen Haaren blonde Strähnen, gefärbt von ihrer letzten Sommersonne. Ihm wird es
kühl auf der Bank im Wind und Schatten. Er stellt sich in
die Sonne und spürt sofort ihre stechende Kraft. Er geht
und wirft noch einen Blick über die Ebene, die im Nach-
mittagsglanz träumt und gerät wieder zwischen die
Handwerkerbauten zu beiden Seiten der Gasse, bei denen
er nach rechts zur Ortsmitte einbiegt.

Er erinnert sich nicht, diese menschenleeren Sträßchen jemals gegangen zu sein, wo er nur einem Hund begegnet, weiß und braungefleckt, mit hängendem Kopf und Schwanz, der an ihm vorbeitrottete ohne ihn zu beachten. Aber er weiß er muss sich westlich halten, um zur Ortsmitte zu gelangen. Die Sonne steht jetzt an diesem frühen Nachmittag hinter dem Turm der Museumskirche und gibt ihm Orientierung. Es ist die Zeit der Ruhe nach dem Mittagessen; selbst die Hausfassaden machen den Eindruck, als seien sie satt und dösten in der Stille. Da fällt ihm ein, dass er, heute nichts zu sich genommen hat, außer dem kleinen Frühstück am Hoteltresen und den Milchkaffees im Carmen und in der Bar, aber keinerlei Hunger verspürt.

„Mit ihrem Tod habe ich jede Lust verloren", stellt er wieder einmal fest.

„Dieses appetitlose Essen! Die Nahrungsaufnahme ist eine Pflichtübung der Vernunft geworden und äußerst lästig, besonders für einen, der sich selbst versorgen muss. Dieses Einkaufen und Zubereiten von Essen, das man nicht will, auch wenn alles auf ein Minimum reduziert ist!"

„Ich habe gelesen: sage mir, was du isst und ich sage dir, wer du bist. Meinem Speiseplan nach, würde ich demnach kaum noch sein."

Seit er allein ist, hat er sich angewöhnt, laut sich mit sich zu unterhalten, sobald er niemanden in der Nähe weiß. Er befürchtet, seiner Stimme zu schaden, wenn er tagelang nicht spricht. Sein Lebenswille, seine Vitalität, seine Lebenslust sind seit ihrem Wegsein auf einen Nullpunkt angelangt. Er möchte sich irgendwohin setzen, sich nie mehr bewegen und aufstehen müssen. Alles Denken in die Zukunft, seien es auch nur die nächsten Tage, macht ihm Angst. Alles Handeln erfordert ungeheurere Anstrengung und Überwindung und erscheint ihm undurchführbar kompliziert, noch bevor er begonnen hat, eine Sache in Angriff zu nehmen. Er hat sich eingehüllt in seine Vergangenheit; ist in ihr versunken wie in ein tiefes Sofa, zwischen den Polstern, die ihm die Grausamkeit seiner Tage fernhalten sollen und über ihm eine Decke gezogen mit den Bildern seiner Erinnerungen. Allenfalls wollte er nur noch das Notwendigste tun, das, was er vor ihrem Tod auch getan hat, nur sich da aufhalten, wo er immer gewesen ist, die alten Weg gehen, die alten Gepflogenheiten weiterhin pflegen, die Dinge und die Gedanken da lassen, wo sie immer waren. Selbst ihre Kleidung und Sachen blieben so, wie sie von ihr aufgehängt und aufgestellt und abgelegt und plötzlich verlassen wurden. Nichts Neues, nichts Unbekanntes wollte er auf sich zukommen lassen, keinen Menschen, kein Buch, keine Musik, kein Essen. Bei ihren Gesprächen, wenn sie so warm und vertraut zusammensaßen, am Tisch bei einem Glas Wein, mit dem

Blick in den Garten, in dem die Farben des Tags allmählich entwichen, um ihren schwarzen Schwestern Platz zu
machen, und über das Leben und den Tod sinnierten, in
ihrem scheinbar für immer festgefügten Zusammenhalt
und einer unerschütterlichen Sicherheit, da hatte er jedes
Mal zu ihr gesagt, wenn sie nicht mehr lebte, wollte er
auch nicht mehr leben. Ja, er will auch nicht! Wie leicht
und einfach, wenn auch für ihn jetzt Schluss wäre! Sie
haben doch soviel zusammengelebt und erlebt und getan!
Was soll er jetzt noch tun? Alles wäre nur ein Aufwär-
men, ein Wiederholen dessen, was sie gemeinsam auf die
Beine gestellt hatten, was sie vermurkst hatten, was sie
aufgegeben hatten, was sie neubegonnen hatten, was sie
verloren und gewonnen hatten, aber jetzt, unter den eis-
kalten Schauern plötzlicher Erkenntnis, dass er allein
handelte. Er kann seinem Leben kein Ende setzen, Gott
und seiner Söhne zuliebe! Da kam ihm, in einer der vielen, schlaflosen Nächte, diese Reise in den Sinn; zunächst
als nächtliches Hirngespinst abgetan, dann mit immer
größerer Sehnsucht besetzt. Am Tag sah er sich immer
häufiger, mitten in seinen trübseligen Gedanken, durch
eine golddurchflutete Ebene wandern, sah am Wegrand
und in den Ackergräben diese einsamen Gräser und Ge-
wächse im Wind, als würden sie ihm zuwinken und diese
Ulmenprozession, von fern so kleine und doch so mächtige Bäume, die ihn einluden mitzuziehen, und in der
Nacht hörte er den Wind vor seinem Fenster, wie damals,

als ein lockender Gesang. So überwand er zäh seine Antriebslosigkeit und Unentschlossenheit, sein Unvermögen Entscheidungen zu treffen und sein Gräuel vor allem Neuen, indem er sich selbst laut beschimpfte, wegen seiner Unfähigkeit und mangelnden Härte, und schaltete Grübeleien und Bedenken ab, als ihm einfiel, dass Susanne einen solchen Zauderer nicht mochte, und machte sich Hals über Kopf auf: ein letzter Versuch, sagte er sich, einen Weg zum Überleben und Weiterleben zu finden, wie schon einmal, vor langer Zeit, hier im Ort, in dem weiten Land, bei diesen aufrechten Leuten und seiner ersten liebe, zwischen dem alten, ehrwürdigen Gemäuer, in diesen, alles überragenden Kirchen, in dieser Kargheit und Stille, in der die Zeit manchmal stehen blieb und im Hier und Jetzt die Ewigkeit erahnen ließ.

Niemand begegnet ihm. Die Häuser, entlang seines Streifzugs durch dieses verwinkelte Viertel, werden höher und schmucker. Weiß, gelb und klinkerrot leuchten sie in der frühen Nachmittagssonne oder sind in blaue Schatten eingehüllt. Jahrhundertalte Gebäude mischen sich dazwischen, einige dem Verfall nahe, andere strahlend erneuert. Er sieht über manchen Eingängen Steinwappen mit alter Heraldik. Er entdeckt eine Gedenktafel am Geburtshaus eines Erzbischofs von 1605. In die altehrwürdigen Hausreihen, die er meint vage zu erinnern, sind ihm unbekannte Neubauten hineingeschlagen mit

funktionalen, glatten Fassaden, Wohnhäuser mit öder
Fenster- und Balkonreihung. Eine Bauverordnung ist hier
offenbar unbekannt. Zwischen Erinnern und Vergessen
geht er kreuz und quer durch die winkeligen Sträßchen,
und steht unerwartet am Eingang zu einem langen,
schmalen Platz, der von einer verwirrenden Bebauung
umsäumt ist: hohes und niedriges, altes und neues, einge-
fallenes und halbgebautes Gemäuer, ringsum! An einem
Ende des Platzes sieht er die Mariensäule und den Saum
der Grünfläche, an der er am Vormittag vorbeigegangen
ist, und am anderen Ende erkennt er den dicken Turm der
Museumskirche, ansonsten nur abgestellte Autos, Anhä-
nger, Holzkisten und Pappkartons aufgetürmt auf den
Gehsteigen, dann Verkaufstische mit Bergen von Trauben
und Obst in Kisten, Gemüse, Ständer mit bunten Kleidern, Haufen aus Unterwäsche in Weiß und Rosa, Wein-
flaschen in Mengen, Käse auf Holztafeln aufgestapelt,
Schuhe in Reih und Glied gestellt, Wurstwaren, glit-
zernde Halsketten, Armbänder und Ohrringe, Parfums
und Cremedosen. Wirr quer über den Platz, sind Schnüre
gespannt, an denen Socken, Büstenhalter, Unterhosen,
Sandalen, Kleider, Sonnenbrillen und Halsketten in Höhe
seiner Augen baumeln. Er taucht in dieses Gewühl von
Menschen und Waren und Gerüchen ein und unter. Von
allen Seiten wird er zum Anschauen und Probieren ange-
rufen. Die dralle, dunkle Frau hält ihm zwei Hände mit

Wäsche entgegen und blinzelt mit ihren schwarzen Augen. Trauben werden ihm fast in den Mund gesteckt. Käse soll er versuchen, von einem Bauern gerade aus einem riesigen Leib geschnitten. Um einen Weinstand drängen sich Männer zum Probieren, kostenlos, wie der Wirt in Aufschreien - zwischen seinen Gesprächen mit den Trinkern - über den Platz hinweg, verkündet. Er beobachtet sie im Vorbeigehen und gerät unversehens mit seinem Kopf in die an Schnüren aufgehängte Unterwäsche.

„Nicht daran riechen, nur kaufen", ruft die Marktfrau. Er drängt sich durch die Menge der Käufer und Zuschauer. Die Berührungen, das Stoßen, Drängen von allen Seiten sind ihm unangenehm. Der Geruch von Schweiß und Chemie in dieser flirrenden Sonnenhitze treibt ihn vorwärts. Kaufen ist nicht seine Sache. Lange überlegt er, bis er Trauben und Käse nimmt und sich eilig durch die Körperfülle schiebt, bis zum anderen Ende des Platzes, in Richtung der Sonnenstrahlen, wo er hinter einem Steinbogen, an der Kirchenmauer, einen freies Plätzchen findet, aufatmet, und in einem kühlen, leeren Gässchen um das Gebäude herum zum Hauptportal und, nach ein paar Schritten, auf den Rathausplatz gelangt; auch hier wieder Menschen, die aus beiden Mündungen der Hauptstraße auf den Platz strömen, dort die Bänke und die Stühle vorm Café Carmen belagern. Der Markttag hat ein buntes Volk zusammengetrommelt. Nach der feuchten Frische in diesem kurzen Wegschacht zwischen den Mauern der Kirche und einer hohen Wand, trifft ihn die Hitze auf dem Platz hart. Der Wind findet keinen Weg bis hierher. Er atmet eine verbrauchte, trockene Luft ein, die heute Morgen noch so leicht und würzig war. Er stellt sich wenige Schritte seitwärts unter das dunkle Kirchenportal, das eine dumpfe Kühle ausströmt. Unentschlossen steht er und blickt zum Platz mit dem Hin und Her der Leute und der Autos, die den Platz kreuzen, und schaut die schmale Straße hoch, die er heute Morgen gegangen ist, und zum Herrenhaus dicht vor ihm, dessen gelbweiße Fassade jetzt von einem hauchblauen Schatten bedeckt ist. Alles wirkt auf ihn müde, verstaubt, abgenutzt vom Tageslauf oder fühlt er selbst sich so?

Er geht ins Innere der Kirche, ins Museum. Seine Markttüte mit Käse und Trauben ist ihm lästig. Die Frau, die im Eingang an einer Theke steht, lässt sie bei sich am Boden abstellen und reicht ihm eine Eintrittskarte. Er fragt sie, ob er zunächst durch einen Spalt in dem grünen Samtvorhang ins Innere schauen dürfte. Die Frau verzieht ihren Mund zu einem spöttischen - wie ihm scheint - Lächeln und schüttelt den Kopf. Danach schämt er sich für seine Knausrigkeit, als sie nur einen Euro für den Eintritt verlangt und schiebt den dicken Vorhang zur Seite und geht hindurch. Das schwere, dunkle Gemäuer ist ihm vertraut von Sonntagsmessen und spontanen Besuchen damals. Allerdings sind die Bankreihen und Altäre verschwunden. Die kleinen Bogenfenster oben an den Seitenwänden lassen kaum Licht nach unten. Scheinwerfer bestrahlen einige Stellen der Halle, in ihrer Mitte vollgestellt mit Glasvitrinen, in denen er Messgewändern und eine Menge von Gerätschaften erkennt, die er in ihrer Fülle nicht überblickt. Dieses Sammelsurium unzähliger Kultgegenstände, Kreuze, Bilder, Figuren auf Tischen und an den Wänden schreitet er langsam ab, mehr aus Höflichkeit, denn aus Interesse. Tage müsste er hier verbringen, wollte er alles anschauen: Unzählige Dinge, die einmal feierliche Verwendung fanden und Verehrungen erfuhren und Hoffnungsträger waren und jetzt hier herumstehen, verloren, ausgemustert. Ein kleines Bild an der Wand, zwischen all den wuchtigen Ölgemälden und Kreuzen, bannt seinen Blick: Ein Mann oder eine Frau mit wallenden Haaren, in langen, hellen Gewändern gehüllt, steht auf einem Feldweg und spricht mit einer Frau in bunten, langen Kleidern: eine leichte, heitere Szenerie in hellen, duftigen Farben.

„Noli me tangere", liest er auf einem Schild daneben, „Unbekannter Meister, ca. 1750."
Er sieht die Frau vom Eingang. Sie steht jetzt im Raum und beobachtet ihn. Soweit er erkennen kann, ist er der einzige Besucher. Sie ist kleiner und dünner als er sie beim Eintritt wahrgenommen hat. Er geht auf sie zu und

sagt:

„Ein Euro ist wenig für den Eintritt. Es ist so viel. Es gefällt mir hier, besonders das Bild dort an der Wand. Die Farben sind so duftig und leicht, als würden die beiden gleich davonschweben. Es ist ungewöhnlich für die Zeit, in der es gemalt wurde."

„Auch mir gefällt es", sagt sie kurz und steif. Seine Frage am Eingang hat sie wohl noch nicht überwunden.

„Ich kenne den Raum, als er noch in Betrieb war, ich meine als Kirche. Ich habe mal hier im Ort, im Kloster, bei den Schwestern gelebt, fast ein Jahr, das heißt, hier als Hauslehrer. Das ist schon Jahrzehnte her."
Er fühlt einen Drang, ihr mehr zu erzählen, weil er spürt, jemanden gefunden zu haben, dem er seine Geschichte erzählen kann; jemandem, der unverdächtig ist, ihn zu erkennen und mit Interesse und Neugierte zu bedrängen. Sie scheint bereit zu sein, ihm zuzuhören.

„Es war eine starke und schöne Zeit, unvergesslich. Sie hat mein Leben beeinflusst, geprägt sozusagen. Sie war mir eine Basis für alles, was ich danach gemacht habe, eine Orientierung, denn ich wusste damals nicht so recht, wie es weitergehen soll. Da hat mir der Aufenthalt hier sehr geholfen. Er hat mir eine andere Welt gezeigt; nicht nur gezeigt, ich war mittendrin: das einfache Leben hier, die geraden Leute, diese Kargheit und Klarheit überall, auch draußen in der Natur, und wenig passierte und doch war mir nie langweilig. Ich bin seitdem nicht mehr hier gewesen. Jetzt bin ich wieder hier, fast wie damals und suche wieder so etwas wie eine Orientierung, einen Halt. Meine Frau ist gestorben, wissen sie! Wir waren das ganze Leben zusammen und das sehr eng. Ich frage mich immer: und was jetzt? Vielleicht finde ich hier eine Antwort, wie damals."

Er hält inne, erschrocken über seinen Redeschwall, sein haltloses Bedürfnis sich mitzuteilen. Auf seinem Weg hat er vermieden, sich erkennen zugeben, bis auf das Gespräch im Fotoladen. Jetzt schüttet er vor dieser fremden Frau sein Herz aus! Sie sieht ihn lange an, schweigend; vielmehr hält sie ihm ihr Gesicht entgegen. Er kann nicht erkennen, ob sie an ihm vorbeischaut oder durch ihn hindurch. Ihr Gesicht erscheint ihm etwas grau und herb, wahrscheinlich von den langen Aufenthalten in dieser kühlfeuchten Dämmerung hier, denkt er, aber es hat etwas Anziehendes, Vertrauenerweckendes, sonst hätte er niemals so zu ihr sprechen können. Ihre dunklen Haare sind voll und wellig bis zu den Schultern. Er kann ihr Alter nicht abschätzen, aber sie ist jünger als er. Wahrscheinlich hat sie ihn reden lassen und nicht zugehört! Doch dann sagt sie:

„Sind sie Peter?"

„Ja, Peter", beim Aussprechen seines eigenen Namens, als Antwort auf ihre Frage - erst da erfasst er die Tragweite des Gehörten - stockt ihm der Atem. Sein Herz macht einen Sprung:

„Das gibt es nicht! Wieso kennen sie meinen Namen?"

„Sind sie mit einem Mädchen von hier gegangen?"

„Ja, ja, aber..."

„Wissen sie noch ihren Namen?"

„Anna, aber sagen sie doch bitte..."

Sie lässt ihn nicht weitersprechen

„Sie hat sehr gelitten, ach, was hat sie gelitten. Sie hat ja so gelitten, nach ihrem Weggang. Meine Eltern haben von ihnen oft erzählt. Sie sind schon lange tot. Warum haben sie sie nicht mitgenommen?" Sprachlos steht er vor der Frau. Sie schaut an ihm vorbei in den Hintergrund des Museums und redet weiter:

„Das war nicht richtig von ihnen, sie alleinzulassen. Sie hat zu sehr gelitten. Sie ist nach irgendwohin weggezogen. Ich habe sie schon Jahre nicht mehr gesehen. Ich weiß nicht, wo sie geblieben ist. Früher ist sie ab und zu noch gekommen. Wir kennen uns und haben uns immer gut verstanden. Ich habe in ihrer Nachbarschaft gewohnt, als Kind. Ich habe sie so bewundert. Sie war Studentin, so gebildet, so freundlich und lustig. Wir hatten viel Spaß miteinander. Sie war mir ein Vorbild. Ich wollte so werden wie sie. Ich weiß nicht, was sie jetzt macht. Ich habe sie schon lang nicht mehr gesehen. Früher ist sie ab und zu hereingekommen."

Er befürchtet, sie wiederhole ihren Redefluss. Der kommt ihm so mechanisch, wie auswendig gelernt vor, als hätte sie das alles schon lange Zeit mit sich herumgetragen und auf eine Gelegenheit gewartet, endlich es loszuwerden. Während er ihr zuhört, spürt er immer heftiger seinen Herzschlag. Seine Kehle wird trocken. Er fühlt Hitze im Gesicht. Er ist unfähig mehr zu sagen als:

„Danke, dass sie mir das...auch ich habe gelitten, sehr sogar. Das war alles nicht so einfach damals. Hier gebe ich ihnen meine Telefonnummer, bitte, wer weiß...", dreht sich um und schwankt durch den Samtvorhang, stolpernd die Stufen hinunter, auf die Straße, auf den Platz, in die Hitze, über den Platz bis zu seiner Mitte, in die grelle Sonne, in die schwere Luft und bleibt stehen und wartet, bis seine harten Herzschläge abklingen und sagt dabei halblaut, immer wieder:

"Die Toten sind uns näher als die Verschollenen", als müsse er sich an diesem Satz festhalten.

Dann geht er die wenigen Schritte bis zum Café Conde, geht, wie jeden Tag damals, die Stufen hoch in den Arkadengang, vorbei an den Alutischen und Stühlen, die im grellen Sonnenlicht glänzen, in den dämmrigen Gastraum, wie immer, direkt zum hohen Tresen, bestellt bei dem Mädchen dahinter einen Café, den vierten heute, denkt er, lehnt sich mit dem Rücken an die Theke, blickt in den Saal, zu den Fenstern und lässt sich widerstandslos von seiner Erinnerung überfallen:

Drüben am Fenster zum Rathaus hin, am Tisch dort, sieht er Anna sitzen. Es sind andere Tische, schwere Holztische, nicht diese leichten Caféhausmöbel wie jetzt; mit anderen jungen Frauen sitzt sie zusammen, bewegt, angeregt, in dunkler Kleidung. Er sieht sie sofort, schon bei seinem Eintreten hat sie seinen Blick angezogen. Er beobachtet sie vom Tresen aus.

„Wie schön", denkt er, „wie fein, wie zierlich, wie zerbrechlich!"

Sie unterhalten sich leise und lebhaft; er hört sie nicht. Er schaut auf die Bewegungen ihrer Hände, ihre kleinen Gesten mit den Fingern. Sie spricht wenig, sobald sie spricht, hören die anderen aufmerksam zu. Sie hebt ihren Kopf und blickt zu ihm. Er lächelt und sie senkt ihre Augen und wird rot im Gesicht. Die anderen bemerken ihre Veränderung. Das Gespräch bricht ab. Sie drehen ihre Köpfe zu ihm, alle, gleichzeitig. Da geht er zu ihrem Tisch am Fenster und fragt, ob er sich zu ihnen setzen dürfte. Sie nicken, wohl mehr erschrocken, als erfreut. Er wundert sich über seinen Mut zu diesem Schritt und nimmt auf dem Stuhl ihr gegenüber Platz. Er sieht ihre Augenbrauen, die knapp über den Lidern liegen und ihrem Gesicht einen ernsten, störrischen Ausdruck geben, aber große, dunkle, tiefe Augen, die ihn offen anblicken. Sie schweigen. Er müsste jetzt etwas sagen, denkt er. Alles, was ihm einfällt erscheint ihm albern: ich heiße...ich bin...ich wohne...ich mache...schön hier der Ort...die Leute...

Sie sagt:

„Ich habe Sie noch nie hier gesehen. Woher kommen Sie?"

Da bricht aus ihm sein ganzes Reiseerlebnis hervor, seine Tage im Autostopp, sein zufälliges Ankommen im Wolkenbruch, sein Entschluss, den er jetzt, in diesem Moment fasst und, ohne weiteres Nachdenken, ausspricht, hier zu bleiben, für längere Zeit. Das war das erste Mal. Danach haben sie sich fast jeden späten Nachmittag in diesem Café getroffen; schon am nächsten Tag; scheinbar zufällig kam er vorbei und sah sie mit ihren Freundinnen am Fenster sitzen. Den ganzen Tag hatte er gehofft, sie zu sehen und war unruhig durch die Gassen gestreift, unfähig etwas anderes zu tun. Er durfte sich zu ihnen setzen. Sie erschien ihm noch schöner als gestern. Sie strahlte so viel Natürlichkeit und Selbstverständlichkeit aus. Sie ruhte in sich. Auch am nächsten Tag, da hatten sie eine Zeit abgesprochen, so konnte er seinen Tag danach ausrichten, kam sie mit ihren Freundinnen, die dann auf die Seite gingen, sobald sie beide zusammen waren; danach kam sie meistens allein. Bevor sie eintraf, wollte er schon am Tresen stehen, um zu beobachten, wie sie die Treppe zu den Arkaden hinaufkam, im Eingang sich umsah, ihn entdeckte und lächelnd und mit großen Augen und mit einem Band in ihren schwarzen, glatten Haaren und mit ihrem erregten, lieben Gesicht auf ihn zukam. Er fühlte ihre näherkommende Wärme und Zuneigung. Sie berührten sich scheinbar nur flüchtig. Sie wurden beobachtet von ihren Verwandten und Bekannten, die zu dieser Uhrzeit um sie herumstanden, in diesem ordentlichen Familien- und Bürgercafé. Nie waren sie allein, auch nicht, wenn er sie bei Dunkelheit nach Hause führte. Da gesellte sich, wie durch Zufall, immer eine Begleitperson dazu. Sie waren zunächst nur in diesem Café zusammen, oft im dichten Gedränge stehend, beinah jeden späten Nachmittag. Sie wollte nicht, dass er, nach Ende ihrer Vorlesungen, am Institut auf sie wartete und bot ihm an, eines Tages, sich im Kleiderladen ihrer Freundin zu treffen; dort könnten sie sich im Hinterzimmer zusammensetzen und ungestört unterhalten, sagte sie.

Er wartete in einem unauffälligen Abstand von der Ladentür auf sie, so wie sie es ihm eingeschärft hatte. Er sah sie die schmale Straße herunterkommen, auf ihn zukommen, ihm wurde so warm, und sie ging an ihm vorbei, fremd, und flüsterte:

„Komm später nach", und ging in den Laden. Nach endlosen Minuten folgte er ihr. Die Frau im Innern deutete auf eine Tür im Hintergrund. Er öffnete sie und sah einen fensterlosen Lagerraum, eng und neonlichtbeleuchtet, überall Regale bis zur Decke; dazwischen erwartete sie ihn. Beim ersten Mal wollte er sie umarmen, aber noch ehe er seine Arme ausbreiten konnte, wich sie zurück und setzte sich auf einen Stuhl, der hinter ihr stand. Er sollte sich auch einen Stuhl holen und suchte zwischen den Regalen, die voll Kleiderstapeln, Kartons und Stoffballen waren. Dann saßen sie sich gegenüber in dem engen Gestellgang: Aufrecht saß sie, die Hände im Schoß, übereinander liegend, lächelnd, vom Neon beleuchtet ihre glänzend schwarzen Haare, ihr helles, klares Gesicht mit großen, schattigen Augenhöhlen, vom weißen Licht über ihrem Kopf, ihm zugewandt, erwartungsvoll, wie ihm schien; aber worauf wartete sie? Beklommen saß er, verschaute sich in ihr und wusste nichts zu sagen. Schließlich sagte sie:

„Peter, sag, was hast du heute gemacht?"

Er erzählte ihr sein Tun und fragte sie nach ihrem Tag, so wie ihre Zeremonie im Café war. Er verstand damals nicht, warum sie sich deshalb an diesem Geheimort trafen. Aber selbst zwischen diesem Gerümpel und grellen Licht waren sie nicht für sich allein. Die Freundin erschien ständig im Raum, räumte, holte und suchte. In diesem Abstellort zwischen Regalen, Schachteln und Kleiderständern, in dieser erzwungenen Heimlichkeit, dem Hin und Her der Freundin kam nichts anderes zustande als der alltägliche Austausch über ihre Tagesarbeit. Was konnte auch mehr sein bei ihrer streng gehüteten Unberührtheit! Sobald er seine Hand auf ihre Hand legen wollte, zog sie sie sanft zurück und lächelte ihn an, und

ihr Blick, voller Zustimmung, verwirrte ihn gänzlich. Sobald er sie scheinbar unbeabsichtigt berührte, wich sie erschrocken aus. Sie gaben nach kurzer Zeit auf und trafen
sich nur wieder im Café. Das war der einzige Platz, an
dem sich die bürgerliche Gesellschaft des Ortes täglich
einfand und Anna auch ohne eine Begleitung eintreten
konnte, ohne Anstoß zu erregen, wie sie sagte. Die Wirts-
leute, ein strenger Mann und seine robuste Frau, standen
hinter dem Tresen, wie auf einer Empore und beobachteten ihre Gäste, die in Gruppen zusammenstanden oder an
den großen, massiven Holztischen, entlang der Fenster,
saßen. Er und seine Altersgenossen waren die Jüngsten
unter ihnen, und Bärbel, das Waisenkind, das Adoptiv-
kind des Wirts und seiner Frau; aber ihrem verhärmten
Gesicht nach schien sie viel älter zu sein. Sie arbeitete in
der Küche. Ab und zu gesellte sie sich zu ihnen, stellte
sich neben den Tresen, unterhalb ihrer Eltern, und
schaute dem Treiben im Saal zu, verschwitzt und traurig.
Die Gäste zeigten sich in bester Laune und von ihrer besten Seite, gelassen und gedämpft und ihrer Würde bewusst, wie frisch gereinigt vom Tagesstaub, in guter Kleidung, in Schwarz, Grau, Braun und Weiß, die Mädchen
und Frauen von den Füßen und Händen bis zum Hals bedeckt. Er kannte viele von ihnen, und sie zeigten sich erfreut ihn zu sehen, hoben die Hand oder nickten oder
wechselten ein paar Worte mit ihm und sahen Anna, an
seiner Seite, lächelnd und vieldeutig an.

Jeden Tag war es so, als wäre es das erste Mal. Bodo stellte sich zu ihnen, wenn er, nicht oft, nachmittags in dieses Café ging. Er pflegte in seinem Stammlokal, Maria vom Weg, zur täglich gleichen Stunde, einen Aperitif zu nehmen, nippend, mit feinen Fingern. Er hörte ihm zu, wenn er seine Gedankengespinste vortrug, die er kurz zuvor in seinen häuslichen Sitzungen entwickelt hatte. Als Sohn der reichen Schreinerfamilie war er versorgt. So widmete er sich der Philosophie und gab sich dem Selbststudium der englischen Sprache hin, wie er äußerte. Er konnte aber keine auffallenden Lernfortschritte feststellen. Wenn er in seinem Café eine Kostprobe seines Könnens abgab sagte irgendein Umstehender jedes Mal:

„Wenn Bodo englisch spricht, meint man, eine Kuh reden zu hören."

Bodo sprach gern mit ihm im Café Maria vom Weg, weil er ihn für einen weitgereisten, gebildeten Menschen hielt, die hier selten anzutreffen wären, wie er ihm sagte. Hier, im Conde, mit Anna, redete er sie wie ein Ehepaar an, mit ausgesuchter Höflichkeit und Distanz. Seine neuen Gedanken äußerte er dozierend:

„Du musst wissen, dass die Gesellschaft hier um uns herum sich abgeschnitten fühlt von der Außenwelt. Es gibt nur einmal in der Woche eine Verbindung zur Hauptstadt. Ein eigenes Auto hat niemand. Ein Telefon gibt es für die Allermeisten nur im Fernsprechamt. Eine regionale Zeitung gibt es nicht. In erreichbarer Entfernung sind nur kleine Ansiedlungen. Die Leute glauben sich isoliert und vergessen. Sie sind aufeinander angewiesen. Das äußert sich in großer gegenseitiger Abhängigkeit, in Hilfsbereitschaft, in einem Verhalten, das dem anderen gefallen soll, im Vermeiden von offenem Streit und Feindschaft, einerseits und andererseits, im Ablehnen von allem Fremden, in gegenseitigem Beobachten und Klatsch und Beachten der alten Sitten und Gebräuche und strenger Trennung der Geschlechter, bis zur Ehe. Du hast großes Glück, so offen und freundlich von ihnen aufgenommen zu werden, was meiner Theorie teils zu widersprechen scheint."

Er mümmelte während seiner Rede an einem Zigarettenstummel, den er immer im Mundwinkel hielt und sah aus, als käme er gerade vom Schlafen und müsste sich bald wieder hinlegen. Gebeugt geht er dann, wie von schweren Gedanken gedrückt, nach einem Schultertätscheln bei ihm und einer Verneigung vor Anna. Er hatte den Eindruck, dass Bodo nur ihrer beider wegen vorbeikam. Ein anderes Mal im Café Maria vom Weg, sagte er zu ihm:

„Du hast großes Glück, so eine schöne und kluge Verlobte zu haben."

„Wir sind nicht verlobt."

„Ich weiß, aber für mich seid ihr verlobt. Ich glaube, deine Anerkennung bei den Leuten im Ort hast du hauptsächlich ihr zu verdanken. Sie gehört zur Gesellschaft, ist gebildet und aus gutem Haus, sodass meine Theorie der Fremdenablehnung doch stimmt; Ausnahmen bestätigen die Regel. Natürlich, auch deine Art, dein Auftreten, dein Engagement, dein Wohnen im Kloster tragen dazu bei. Obwohl du dich anders verhältst, als sie gewohnt sind. Keiner geht hier über die Ebene, wenn er nicht arbeiten oder jagen muss. Keiner trägt immer die gleiche, abgetragene Kleidung wie du, unpassend zu jeder Gelegenheit. Ich schätze, das ist deine Maskerade. Du möchtest dich distanzieren, aber gleichzeitig integrieren. Dein Tagesablauf ist unorthodox. Du nimmst dir die Freiheit, anders zu sein - und sie lassen sie dir auch."

Er mümmelte an seinem Zigarettenstummel und war schwer verständlich. Er mochte Bodo, er konnte nicht herausfinden, was er wirklich tat. Er sagte immer, kurz nach seinem Aperitif und seinem Vortrag, er müsse jetzt gehen, er habe zu tun.

Es stimmte: Der Bankdirektor sprach ihn im Café und auf der Straße immer wieder an, ihm nun endlich seine alte Münzsammlung zeigen zu wollen. Der Ziegeleibesitzer lud ihn zum Galadinner ein. Der Rechtsanwalt erlaubte, seine Tochter zu unterrichten. Der Arzt, vor ihrem Zusammenstoß, schätzte ihn als Gesprächspartner. Ihr ganzer Anhang nickte ihm höflich und freundlich zu und lächelnde mild, wenn der Name von Anna fiel.

Ob diese Menschen sie auch als Verlobte ansahen oder übten sie Nachsicht, weil sie das noch nicht waren? Bodos Auslegungen ihrer Sittenstrenge konnte er jedenfalls nicht erkennen. Vielmehr hielt er sich selbst daran, wie er einmal beweisen sollte. Bodo fragte im Café, ob er ihm Morgen helfen könnte. Er wollte eine Arbeit für seinen Bruder erledigen, der mit ihrem Lieferwagen in der Stadt wäre und wahrscheinlich nicht rechtzeitig zurückkäme, um einen Schrank auszuliefern, der für diesen Tag zugesagt war. Es wäre ein Gefallen und er wollte damit seinen Bruder überraschen, der immer zu ihm sagte, er sei zu Nichts nütze; das Gegenteil wollte er ihm jetzt beweisen. Am folgenden Tag stand er vor dem Tor der Schreinerwerkstatt und wartete auf Bodo. Er hatte sich auf eine kurze Sache eingestellt. Das Tor öffnete sich, nach langem Warten, und Bodo kam mit einem großen Handkarren, auf dem eine dunkel gebeizte Vitrine lag, deren Türblätter verspiegelt waren, so mühsam herausgefahren, dass er ihm sofort beisprang und den linken Handgriff fasste und das überraschend schwere Fuhrwerk, zusammen mit ihm, auf die Straße wuchtete. Weil der Karren nur zwei hohe Holzräder hatte, merkte er sofort die Gefahr, die Ladefläche mit dem Schrank könnte bei jeder Unebenheit vornüberkippen. So mussten sie nicht nur mit Kraft den Wagen vorwärts schieben, sondern auch seine Griffe nach unten gedrückt halten. Er hoffte auf einen kurzen Transportweg. Bodo sagte nur, sie müssten zum Gut von Lorenz, in der Ebene, unweit vom Friedhof. Einträchtig gingen sie, im Gleichschritt, nebeneinander. Da die Schreinerei am Ortsrand lag, waren sie, auf der glatten Landstraße, nach kurzer Zeit in Sichtweite des Friedhofs. Der Himmel war an diesem Vormittag blau und klar und die Sonne strahlte bereits kräftig auf sie herab. Bodo erzählte von den Aufträgen in der Werkstatt, von seinem Bruder, der so fleißig sei, dass er ihm kaum zur Hand gehen müsste. Dann bogen sie von der Straße in einen Feldweg ein. Der Bodenbelag war fest, wenn auch etwas staubbedeckt, und sie mussten mehr Kraft aufwenden, um vorwärts zu kommen. Bodo redete unaufhörlich weiter, als spräche er zu sich selbst, aber er hatte den obligaten Zigarettenstummel nicht im Mundwinkel, sodass er ihn besser verstehen konnte. Dann wurde der Weg immer zerfurchter, Steiniger und staubiger und die Sonne brannte zunehmend auf sie. Schwitzend und keuchend stemmten sie sich gegen das widerspenstige Gefährt, bis Bode unerwartet stehen blieb und sagte, er müsse jetzt dringend eine Pause einlegen und seinen Karrengriff losließ. Die Ladefläche, ihrer Umklammerung befreit, kippte nach vorn, schlug auf den Boden, die Vitrine löste sich und rutschte auf der schrägen Rampe auch auf den Boden, stellte sich - hoffnungsvolle Sekunden - aufrecht und kippte dann, mit der Spiegelfläche vornüber, auf den Weg, begleitet von bösartigen Geräuschen, Mühsam brachten sie das Möbel zurück auf seine Ladefläche und betrachteten lange, wortlos, die in Stücke zersprungene Spiegeltür: In jedem Stück spiegelte sich die Sonne, die nun, so vervielfältigt, erbarmungslos, von oben und unten, auf sie glühte. Bodo sagte, das Gut sei nicht mehr weit; sie würden den Schrank, zum vereinbarten Termin, abliefern und sein Bruder sollte ihn wieder abholen und reparieren, kein Fluch, kein Wort des Bedauerns! Beim Weiterschieben hielt sich Bode mehr und mehr an seinem Karrengriff fest, und er hatte zunehmend das Gefühl, dass er sich von ihm mitziehen ließ. Er bat ihn deshalb, vorauszugehen, um den Weg zu beobachten, damit der Wagen nicht an einen Stein oder in ein Schlagloch geraten würde. So stemmte er den Karren leichter voran ohne den Helfer, der mit hängender Schulter voraus ging, als würde er jeden Augenblick hinfallen. Die unzähligen Sonnen, auf den zersplitterten Flügeltüren, tanzen ihm vor den Augen, aber er durfte seine Blicke nicht abwenden, weil er Bodo nicht traute und befürchtete, ihn zu überfahren, falls der in den Staub sinken sollte. Endlich sah er in der Ferne einen einsamen Hain mit hohen Bäumen, auf den der Weg, geradewegs, zusteuerte. Als sie die Einfahrt zum Gut erreicht hatten, war er am Ende seiner Kräfte. Erstaunt stand er am Fuß einer Freitreppe zu einem prächtigen Landsitz. Den Wagen stellte er so ab, dass die Ladefläche auf einer Stufe auflag. Die Räder blockierte er mit einem Stein, den er im nahen Rosenbeet fand. Zu weiterem war er nicht mehr fähig und harrte am Fuß der Treppe auf neues Bodo an seiner Seite, als schliefe er im Stehen. Wahrscheinlich wurde ihr Ankommen erwartet und beobachtet, denn oben, auf dem Treppenabsatz, öffnete sich die Flügeltür, und ein Mädchen, im schwarzen Livre, kam heraus und rief zu ihnen herunter:

„Fahrt das zum Lieferanteneingang, hinter dem Haus. Hier kann das nicht stehen bleiben."

Noch bevor er antworten konnte, kam eine weitere Person aus dem Schlösschen, wohl die Herrin selbst:

„Hallo Bodo und dein Freund, kommt hoch. Meine Leute machen das Weitere."

Während sie also die Stufen erklommen starrte die Frau mit ihrer Hand vor dem Mund, entgeistert offensichtlich, auf das Möbelstück. Bodo sagte:

„Keine Sorge, das muss nur noch etwas gerichtet werden. Mein Bruder macht das sofort."

Die Frau, in ein buntes Seidengewand gehüllt, schaute zu ihnen beiden, wortlos, und zum Schrank und wieder zu ihnen und winkte ihnen schließlich zu, ihr ins Haus zu folgen. Bei jeder ihrer weichen Bewegungen flatterte der Seidenstoff um sie, und er musste an einen Schmetterling denken. Die Eingangshalle war abgedunkelt, kühl und heiter. Gern erinnert er sich an diese Atmosphäre aus bunten Blumenfliesen an Wänden und Boden, zwischen denen sich die Hausherrin schmetterlingsgleich bewegte.

Das Mädchen brachte ihnen Bürsten für ihre Schuhe und Kleidung, mit denen sie sich vom Staub reinigten. Dann stellte sie eine Karaffe auf den Tisch, in einer Fensternische, Teller mit Käse und Schinken und Brot, und die Hausherrin führte sie zu ihren Plätzen. Sie tranken eine eisgekühlte Rotweinbowle mit allerlei Früchten, die ihnen, nach ihrem trockenheißen Staubweg rasch zu Kopf stieg. Bodo trank schnell und viel und versank zusehends in seinem Sessel, offensichtlich dem Einschlafen nahe. Widerstandslos ließ er sich von der Hausherrin in ein Zimmer führen, wo er sich etwas hinlegen könnte, wie sie ihm gut zuredete. Dann kam sie zurück, rückte ihren Sessel an seinen heran, legte ihre Hand auf seinen Arm und schaute ihm in die Augen:

„Und wir zwei Hübschen, was machen wir jetzt so allein?"

Er hätte hier immerzu sitzen mögen, behütet vor der flirrenden Mittagshitze draußen, Rotweinbowle trinken, die Blumenfliesen um sich tanzen lassen und die Hausherrin, wenn es sein müsste, auch, aber mehr nicht! Anna kam ihm in den Sinn. Sie durfte er nicht berühren, dann wollte er die Hausherrin auch nicht berühren. Für Anna wollte er die Berührung gleichsam aufsparen, für irgendwann.

„Ich muss jetzt aufbrechen, leider. Ich habe Termine. Ich bin Hauslehrer Schüle warten auf mich."

„So willst du deinen Freund seinem Schicksal überlassen?"

„Ich weiß ihn hier in guten Händen. Wenn sein Bruder erfährt, was für einen Gefallen er ihm gemacht hat, wird er kommen und Schrank, Karren, samt Bodo abtransportieren."

„Dann will ich dich nicht aufhalten. Komm mal wieder, aber ohne Schrank."

Als er Anna die Geschichte erzählte, erwähnte er das Angebot der Frau nicht. Jetzt, in seinen Erinnerungen im Café Conde fragt er sich, ob er einen neuen Besuch in der Hinterhand halten wollte oder ob er an Berührungen von Anna geglaubt hatte, irgendwann.

Außer der feiertäglich gestimmten Gesellschaft im Café damals, ihrem Sitzmobiliar, dem wuchtigen Tresen, dem Flaschenregal mit der dürftigen Auswahl, war der Raum kahl und leer; die Menschen gaben ihm Wärme. Ihre Stimmen waren die Raummusik. Sie brauchten offensichtlich keine Animationen, wie heute. Er blickt sich um: Die Gäste, im bunten, dünnen Tuch, das ihre Körperformen abzeichnet; die jüngeren Frauen mit nackten Armen, Tops bis weit unter dem Brustansatz oder den Rücken bloß, nackt auch die Beine bis knapp zur Scham: lärmende Bühnendarsteller, ihres Auftritts und ihrer Einmaligkeit bewusst, denkt er. Sie stehen zwischen einem Spielautomaten, einem Zigarettenautomaten, einem Bonbonautomaten, einer Eis Truhe, zwei Fernsehbildschirmen, einem Musiklautsprecher, einem überquellenden

Flaschenregal, Glaskästen und Vitrinen mit Speisen auf der Tresenplatte und grellorange gestrichenen Wänden, vollgehängt mit Werbeplakaten, Fototafeln der Essensangebote - als wären die Gäste Analphabeten - unter einer Decke, die mit einer Unzahl von Leuchten bestückt ist. Die Bildschirme sind in Betrieb, der Lautsprecher füllt den Raum mit Schlagermusik. Angestrengt sind alle bemüht, diesen Raumklang mit schrillen Stimmen zu übertönen, fassen sich an, berühren einander, drücken sich aneinander, gehen auseinander und beginnen von vorn mit ihrem hektischen Spiel.

Sie beide standen damals hier zusammen, nahe beieinander, ohne sich zu berühren, höchstens scheinbar zufällig, flüchtig. Trotz der vielen Menschen, konnten sie leise miteinander reden. Sie fragte immer:

„Peter, was hast du heute gemacht?"
Und er erzählte ihr jeden Tag das Gleiche in feinen Variationen. Mit großen, dunklen, ernsten Augen hing sie an seinem Gesicht. Er spürte, wie sie seine Mimik durchdrang und fühlte sich ernstgenommen und stark, und seine Finger strichen wie zufällig über ihre Hand, und er spürte etwas, wie einen Funken überspringen, wie beim Elektrozaun, unten auf der Pferdeweide. Sie erzählte ihm ihren Tagesablauf, auch jeden Tag ähnlich, aber aufmerksam verfolgte er ihr Reden, streichelte dabei ihr Gesicht mit seinen Augen. Sie erzählte ihm vom Gerede im Ort,

weil sie mit diesem Fremden ginge, von dem keiner so
recht wüsste, woher er käme und wohin er ginge, wie die
Leute sagten. Sie erzählte ihm, dass die Leiterin ihres In-
stituts in die Vorlesung kam, rüde unterbrach und alle in
den Nachbarraum befahl. Sie musste allein mit ihr im
Saal bleiben. Die Leiterin setzt sich, in ihrer schwarzen
Schwesterntracht, auf einen Stuhl in die Mitte des Raums
und bedeutete Anna stumm, mit einem Fingerzeig, neben
ihr Platz zu nehmen, und sah sie wortlos an, mit tiefer
Leidensmiene. Wie ein Arzt, der den Patienten vor sich,
Schlimmes eröffnen muss, dachte Anna. Endlos lang saß
sie in diesem Blick. Unvermittelt hieß die Leiterin sie gehen, ja sie fühlte sich hinausgeworfen ohne Erklärung.
Verwirrt verließ sie den Saal und fand ihre Mitstudentin-
nen in großer Aufregung auf dem Gang und erfuhr, dass
die Vorlesung im Nachbarraum fortgeführt worden war.
Sich keiner Schuld bewusst, suchte sie die Direktorin,
entdeckte sie in ihrem Büro, vor einem Wandkreuz, und
stellte sie mit äußerster Beherrschung und ausgesuchter
Höflichkeit zur Rede. Von solcher Courage offenbar
überrascht, sagte die Frau:

„Mir ist zu Ohren gekommen, dass du mit diesem
Fremden gehst. Außerdem ist mir von unserem Arzt be-
richtet worden, dass du Strumpfhosen und Stiefel trägst.
Das alles entspricht nicht unseren Vorstellungen und Re-
geln. Ich überlege mir ernsthaft deine weitere Zukunft bei
uns.“

Sie entgegnete:

„Dieser Fremde ist ein guter Mensch, wohlerzogen, rücksichtsvoll und ehrlich. Meine Eltern kennen und schätzen ihn. Außerdem ist mir kalt gewesen."

Er wollte sofort mit dieser Klosterschwester reden, aber sie glaubte, ihr Vater würde das tun. Er tat dies auch. Sie blieb im Institut.

Den Arzt, der diese Intimtäten ausgeplaudert hatte, traf er ab und zu am Tresen im Café Maria vom Weg. Sie tranken einen Wein zusammen. Er konnte gut mit ihm reden. Von den Umstehenden wurde er achtungsvoll behandelt, aber nicht in ihre Unterhaltungen einbezogen. Wenn er etwas zu ihnen sagte, schauten sie ihn meist ratlos an und gaben ihm kaum eine Antwort. Er machte sich gern lustig über die Gesellschaft im Ort und schien immer bester Laune zu sein. Einmal führte er ihn in eine Kirche, in der Nähe seiner Praxis, und zeigte auf ein Kruzifix und beschrieb ihm voll Leidenschaft die farbig gefasste Christusfigur:

„Schau dir diese Haut an, so transparent, und die Adern, hier an den Oberschenkeln, diese Färbung blau und rot, anatomisch vollkommen! Das Tuch über den Lenden, greifbar echt und dieser Faltenwurf!"

Er glühte bei seiner Schilderung und funkelte ihn mit wässrigen Augen an.

Ein anderes Mal lud er ihn ein, seine Praxis zu besichtigen, und sein neues Röntgengerät wollte er ihm vorführen. Er hatte kein Interesse, war sogar abgeneigt, wollte dem Mann aber gefällig sein und suchte ihn eines verregneten Nachmittags auf. Den Krankenbetrieb mochte er nicht groß besichtigen und drängte auf die Vorführung des Geräts. Er wollte die Sache hinter sich bringen. Der Arzt führte ihn in einen Behandlungsraum, in dem sie beide kaum Platz fanden und hantierte an dem Gerät, das irgendwann zu fluoreszieren begann und schaltete dann das Raumlicht aus. Im schummrigen Licht kam er zu ihm, drückte seinen Körper auf ihn und fasste ihn am Penis, mit ganzer Hand. Er stieß ihn zurück und tastete sich aus dem Raum. Der Doktor rief ihm nach, es sei ein Versehen gewesen, er sei gestolpert. Danach redeten sie nicht mehr miteinander. Seiner kleinen, gedrungenen Gestalt ging er aus dem Weg. Alle im Ort wussten, dass er schwul war, wie er später erfahren musste. Nur ihm hatten sie nichts gesagt.

Danach, an einem Nachmittag, sah er ihn über den Rathausplatz gehen, mit einer Baumsäge in der Hand. Zu seiner Überraschung winkte er ihm mit dem Werkzeug zu und rief, er müsse ins Rathaus gehen, einen Toten sezieren, ob er mitkommen wolle. Er winkte ab und erkundigte sich später im Ort nach einem ungewöhnlichen Todesfall, der eine solche Obduktion verlangt hätte aber alle schüttelten den Kopf. Wie gesagt, der Doktor machte sich über die Gesellschaft im Ort lustig. Offenbar zählte er ihn jetzt auch dazu. Genau so wenig wie ihn die Einflüsterung der Gastgeberin im Herrenhaus rührte, ließ ihn der Klatsch im Ort kalt. Sie lachten beide, als sie erfuhren, dass alte Frauen Anstoß daran nahmen, weil sie als Mädchen im Fluss gebadet hatte und Stiefel trug. Und er tat nichts Unrechtes, so war er überzeugt, wenn er mit ihr zusammen sein, reden und sie dabei anschauen wollte; mehr ließ sie ja auch nicht zu; das hatte er einmal spüren müssen:

Sie gingen beide aus dem Café in der Dunkelheit. Ein verlobtes Paar schloss sich ihnen an, wie immer, rein zufällig! Aber auf halbem Weg zweigten ihre Begleiter ab und verschwand in einer Gasse; mit Anna stand er allein, ungewohnt! Beflügelt vom Wein und dieser Aktion ihrer Sittenwächter tat er etwas ohne Besinnung. Nein, es wurde etwas mit ihm gemacht: er nahm sie in die Arme und küsste sie. Nein, und versuchte sie zu küssen. Nein, irgendjemand sagte ihm: küsse sie, nutze diese einmalige Chance! Er fühlte zum ersten Mal ihren Körper in seinen Armen, an seiner Brust. Sie fühlte sich so zerbrechlich an. Er durfte nicht fest zupacken. Ihm wurde ganz schwindelig. Sie drehte ihren Kopf zur Seite und versuchte, sich aus seinen Armen zu befreien und schrie gellend um Hilfe: Weit hallte ihr Schreien in den dunklen

Gassen. Er ließ sie sofort los. Da kamen ihre Wächter angerannt, die Frau voraus. Ihre polternden Schritte waren ihm noch lange im Ohr. Sie überschaute die Lage sofort und begann zu lachen, lauthals, schallend.

„Wir dachten, ihr seid überfallen worden!"
Sie begleiteten nun Anna nach Hause, und er ging in Richtung des Kosters davon, ohne Gutenachtgruß. Seine Wut und seine Gekränktheit legten sich im Lauf der Nacht und machten einer tiefen Scham Platz: was, fragte er sich wieder und wieder hatte er nur angerichtet? Die Folgen wollte er nicht zu Ende denken.

Am nächsten Tag, nach schlafloser Nacht, stand er zur gewohnten Stunde am Tresen im Conde. Er befürchtete, sie würde nicht kommen. Aber sie ließ ihn nicht warten. Er sah sie über den Rathausplatz ankommen, die Treppe hoch auf ihn zu, wie immer, nur ohne das gewohnte Lächeln. Mit einem seltsamen Gesichtsausdruck stand sie vor ihm und schaute hoch zu ihm. Er sagte:

„Es tut mir leid."

„Mir tut es auch leid. Bitte, tue das nie wieder."

„Bist du mir böse?"

„Nein, ich schäme mich. Deshalb bitte ich dich, tue das nie mehr."
Nie fragte er sich, wie es mit ihnen weitergehen würde. Nur das Heute zählte für ihn. Er war ausgezogen, um seine Vergangenheit zu überwinden, ein neues, freies Leben zu führen und einen Weg in die Zukunft zu finden

und sah sich bei ihr ganz in der Gegenwart angekommen. Nur das Hier und Heute hatte für ihn Bedeutung. Er war ganz gefangen von ihr, eingehüllt in ihre natürliche Schönheit und Wärme und Zuneigung und Fürsorge und wollte immer nur von einem Treffen zum nächsten gehen. Er war ausgefüllt mit dem Denken an sie, mit dem Warten auf ihr Zusammensein am Abend, an dem die Zeit dann stehenblieb, bis sie sich in der Dunkelheit trennen mussten, verfolgt von den Augen einer Begleitperson.

Er war überzeugt es ginge ihr ebenso. Nie fragte sie ihn, wie lange er bleiben wollte und wie es weitergehen würde mit ihnen. Er hatte ihr von seiner Herkunft, seiner Vergangenheit erzählt. Aber sie waren ganz Gegenwart, ganz Augenblick, ganz Jetzt. Über die Zukunft sprachen sie nicht; soweit er sich erinnert, nicht einmal über die übernächste Woche; nur vom Sommer redete sie gern, aber da wusste er nie, ob sie den letzten oder den kommenden Sommer meinte, wenn sie mit leuchtenden Augen schwärmte, im Fluss zu baden und im Hain zu liegen, auf der Wiese Picknick zu machen. Da war seine Clique, waren die vielen Bekannten, ständig Menschen um ihn - denn er hielt sich meist nur zum Schlafen in seinem Zimmer auf - zu denen er sich freundlich und gut gelaunt gab. Er glaubte, das würde von ihm erwartet werden. Für schwere Gedanken waren sie nicht zu haben. Wurde er gefragt: „Hallo, wie geht's", er antwortete: „Naja, so recht und schlecht", wurde er schräg angesehen, aber nie weiter befragt. Genauso wenig luden sie ihre schlechte Laune und Probleme bei ihm ab, sondern zeigten sich immer gut drauf. Anna wollte wissen, wie es ihm wirklich ginge und schaute mit ihren dunklen Augen forschend in seine. Da hätte er sie jedes Mal umarmen mögen, aber er wusste ja, das erlaubte sie nicht. Sie erkannte, wenn er niedergedrückt war; ihr konnte er sich unverstellt geben: das machte ihn wiederum stark, ihr keine Schwäche zu zeigen, Denn manchmal überfielen ihn doch beunruhigende Gedanken über seine Zukunft. Und er hatte Mühe, sie zu verjagen, indem er sich sagte:

„Ich lebe hier und jetzt. Jeder Tag hat seine eigene Bedeutung. Heute kann ich alles machen. Morgen weiß ich nicht, was sein wird. Das Morgen interessiert mich einfach nicht."

Und die warmherzige Gegenwart von Anna bekräftigte jeden Tag aufs Neue seine Haltung zum Hier und Heute. Sie hatte einen Sinn für das Praktische, Zupackende ohne Schnörkeln. In seiner Erinnerung trägt er immer die gleiche Kleidung. Das konnte unmöglich sein, in dieser langen Zeit! Aber er erinnert keinen einzigen Kleiderkauf, denn Einkaufen ist ihm immer ein Horror gewesen. Vielleicht hatte sie ihn versorgt, zumindest geholfen, denn bei ihrer körperlichen Distanz, die sie beharrlich wahrte, und die er achten musste, besonders nach seinem Überfall, kann er sich schwer vorstellen, dass sie ihm Kleidung gegeben hätte.

Sie suchte ihn im Kloster auf, eines Nachmittags. Sie hatte ihr Kommen nicht angekündigt. Sie wollte nur sehen, wie er untergebracht war und ob er etwas brauchte, aber er war nicht da. Sie traute sich nicht im Haus zu fragen, wie sie ihm später erzählte. In seinen Nächten, in denen er dem Wind zuhörte, bevor er einschlief, malte er sich aus, in immer neuen Variationen, was alles geschehen hätte können, wenn er da gewesen wäre; sie beide allein in seinem Zimmer!

Die scharfen Ostwinde im Spätherbst nahmen das Gold aus den Feldern mit und hinterließen auf den Fluren fahle Schleier in den Farben ausgebleichter Knochen. Er wanderte jetzt selten durch die Ebene. Er hatte keine passende Kleidung; kaufen wollte und konnte er Nichts. Er hielt sich jetzt häufig im Café auf. Neben seinem Ofenplatz in der Bar Maria vom Weg fand er im Conde einen Platz an einem Tisch am Fenster; es schien, als würde er für ihn freigehalten, denn er war fast täglich leer. Von da aus schaute er aus dem Fenster in das blaue Oktoberlicht, auf den Rathausplatz, schaute den wenigen Leuten zu, die in viel Stoff gehüllt den Platz kreuzten oder ins Rathaus gingen, schrieb an seinen Geschichten und Gedanken, beobachtete die Fliegen, die auf der warmen Fensterbank jeden Tag mehr wurden, unterhielt sich mit Bärbel, dem

Waisenkind, die aus der Küche kam, wenn sie ihn sah und wenig Gäste an diesen frühen Nachmittagen da waren. Ihre Unterhaltungen endeten, indem sie ihm ihr Leid klagte und dann weinte, weil sie von den Wirtsleuten, ihren Adoptiveltern, schlecht behandelt und ausgenutzt werden würde und nie ausgehen dürfte. Sie hätte so gern einen Freund. Sie wüsste auch einen, einen ganz tollen Jungen, aber sie ließen sie nicht weggehen, abends, wenn der Junge nicht mehr arbeitete. Sie stand dann vor ihm, mit ihrem nassen Gesicht, und schaute ihn wortlos an, mit so fragendem und so erwartungsvollem Blick, dass er aufstand, die Hand auf ihre Schulter legte und sagte, wie leid es ihm täte und sich dabei hilflos und elend fühlte. Sie fuhr sich dann mit den Ärmeln über die Augen und blickte ihn so seltsam an.

Im Conde spielte er auch Schach mit dem Banksekretär, an den Nachmittagen, an denen er keinen Unterricht gab. Der Mann hatte viel Zeit; nachmittags war die Bank geschlossen. Er hatte den Eindruck, er wäre mehr Privatier als Angestellter und eher ein Gelehrter, als ein Buchhalter. Er erinnert sein faltiges, mageres Gesicht, die weißen, gescheitelten Haare und eine Goldrandbrille auf einer schmalen Nase. Da ihre Spielstärken ausgewogen waren und keiner den Ehrgeiz entwickelte, überlegen zu sein, waren das gemütliche Partien, die sie beendeten, bevor Anna hereinkam.

Auch den ganzen Winter trafen sie sich fast täglich im Café. Immer fand sich Neues und Ungereimtes zum Erzählen, Kleinigkeiten, eigentlich, ihres geregelten, gleichförmigen Tagesablaufs, die jedoch Bedeutung und Leuchtkraft gewannen durch ihre gegenseitige Zuneigung.

Die Tage, so fühlte er, waren in einen ruhigen Lauf geraten. Vergangenheit und Zukunft gab es nicht mehr. Noch langsamer verrann die Zeit, als zögerte sie, welchen Kurs sie einschlagen sollte. Es passierte nichts Aufregendes oder Ungewöhnliches im Ort, zumindest drang nichts davon bis zu ihnen durch. Höhepunkte waren ihr Zusammensein, Tiefpunkte ihre Trennung am späten Abend. Aber er ging immer von ihr weg, zu seiner Clique oder ins Kloster, in unerschütterlicher Zuversicht, sie wiederzusehen.

Er verlässt das Café, geht an den Tischen unter den Arkaden vorbei, die jetzt besetzt sind von allerlei Leuten und prall in der schrägstehenden Sonne liegen und geht weiter den abschüssigen Weg zum Fluss hinunter, vorbei am Rathaus und den ersten Baumreihen, über den Wiesenrain zur Uferböschung. Dort setzt er sich dicht ans Wasser auf einen weichen Grasteppich, in den Schatten der Weidenbäume, die nahe am Fluss stehen, mächtig und tief gebeugt. Er sieht sich allein hier. Er schaut auf das

Wasser, das pastellgrün und reisend an ihm vorbeizieht, in der Mitte und, vor ihm, am Rand, gemächlich wird, und sich in Wirbeln dreht, als würde es für ihn tanzen.

Die Schwesteroberin selbst hatte ihm das Telegramm ins Zimmer gebracht:

„Vater todkrank, Bitte, komm schnell. Gruß Mutter." Es war ein Nachmittag, an dem er sich richtete, zu ihrem Zusammentreffen im Café Conde. Er wusste, dass am nächsten Morgen ein Bus in die Hauptstadt fuhr; den musste er nehmen. Das war sein erster Gedanke, nachdem er diesen Satz immer wieder gelesen hatte, weil er ihn nicht glauben wollte. Er dachte nicht daran, die Nachricht zu ignorieren. Er dachte:

„Armer Vater, ausgerechnet er! Seinetwegen ging er von zu Hause weg, sein Glück zu finden. Seinetwegen muss er hier alles lassen, nachdem er es jetzt gefunden hat!"

Die paar Kleidungsstücke, ein Buch von ihr, Papiere und Hefte hatte er mechanisch in die Reisetasche geworfen, die er verstaut und vergessen hatte in der hintersten Schrankecke, deren Tür jetzt beim Öffnen so erbärmlich ächzte, wie ein Aufstöhnen seiner eigenen Qual. Dann war höchste Zeit fürs tägliche Zusammensein, und er rannte los, zum Café, die ganze Straße hinunter, in der er sich gegen die Tränen wehrte, die jetzt herausdrängten, und niemand wahrnahm und wartete dort, wie immer, auf

ihr Kommen. Er sah sie von weitem über den Rathausplatz gehen, beschwingt, die Arkaden vor dem Café hoch,
und im Eingang stehen und ihm zulächeln, während sein
Krampf in der Brust immer unerträglicher wurde. Sie
fragte, kaum stand sie nahe vor ihm:

„Was ist Peter? Was ist los mit dir?“

„Ich muss...Ich will nicht...ich kann nicht...Ich muss
trotzdem...“

„Du musst abreisen?“

Sie schaute ihn an, zu ihm hoch, und ihre Augen wurden
immer nasser.

„Ich komme wieder. Ich komme ganz bestimmt, ganz
bald wieder.“

Er sagte das so oft, bis er selbst daran glaubte. Sie legte
ihren Kopf an seinen Oberarm, und er hielt sie fest, und
die Umstehenden sahen weg. An diesem Abend waren sie
das erste Mal allein auf dem Heimweg. Er durfte sie niemals berühren, und er hatte sie nie wirklich berührt. Nur
beim Abschied gaben sie sich alle versäumten Küsse, ver-
mischt mit dem Salz ihrer Tränen.

Vor ihm fließt das Flusswasser in einer kräftigen Strömung, gleichmäßig und geräuschlos, dahin. Lange blickt
er auf dieses starke, lautlose, unaufhaltsame Fließen der
grünen Wassermassen, vorbei an ihm. Und je länger er
dem Vorbeieilenden zusieht, desto mehr entfernen sich
die Bilder mit Anna, und er wird ruhiger, als würde die

Strömung durch ihn hindurchziehen und seine Unruhe mitnehmen. Das alles ist Jahrzehnte her, denkt er, ein farbiger Bestandteil seiner Erinnerungen. manches Mal bunt, ein anderes Mal blass, aber nie ganz ausgelöscht und niemals so grell, wie heute.

Zur Überraschung aller gesundete sein Vater und lebte noch Jahre. Seine Arbeit allerdings musste er aufgeben. So war für ihn kein Geld mehr übrig. Er wollte sowieso nicht leben wie die jungen Männer, von denen ihm Grand erzählt hatte, auf Kosten ihrer Väter. Er suchte sich Arbeit, auch mit der Absicht, schnell zu Geld zu kommen für seine Rückreise, die er versprochen hatte, und ihr Zusammensein für immer. Er fragte in der alten Fabrik nach der Arbeit, die er vor seiner Reise gemacht hatte, und durfte sie wieder aufnehmen, fühlte sich dort zurück, wo er einmal aufgehört hatte und gehofft hatte, nie mehr sein zu müssen, wie ein Ausbrecher, der wieder eingefangen wurde. Nun verbrachte er seine Tage in der graugrünen Fabrikhalle, im Geruch nach Schmierfett, Eisenspäne und Schleiföl, im schrillen Sirren der Bohrer, im Krachen der Stanzmaschinen, im Hämmern der Pressen, in den Zurufen der Akkordarbeiter am Band, denen er Teile ankarren und wegschaffen musste; immer in Eile, sie pausenlos zu versorgen in ihren getakteten Bewegungen, selbst Teil der Maschine, die unaufhörlich surrte und Material forderte.

Auch hier fühlte er sich als Außenseiter: ein Besserer, wie sie glaubten, ein Student, der jobbte und wieder ging, wann es ihm passte, der nicht wie sie auf diese Lohntüte angewiesen wäre. Er gehörte nicht dazu. Er trank mit ihnen Bier aus der Flasche, wie sie, in den Arbeitspausen, und lachte über ihre Witze und verschwand allein, mit dem Heulen der Sirene, in den Feierabend. Am nächsten Morgen renommierten sie mit ihren derben Erlebnissen. Er konnte und wollte nichts dazu beitragen. Für ihn lebten sie in einer anderen Welt. Selbst ihre Sprache war ihm fremd.

Aber er war auch nicht recht da. Er lebte in seinem Ort bei Anna. Sein einziges Ziel, das ihn bei Morgengrauen aufstehen und am späten Abend heimkommen ließ: schnelles Geld für seine Reise, die er jeden Tag mehr ersehnte. Abends saß er beim Bier, müde, allein zumeist, und hing trüben Gedanken nach. Am Anfang, in der Nacht, vorm Einschlafen, hörte er den Wind aus der Ebene, sein Jaulen an der Hausecke, sein Flüstern am Fensterladen und sein Rütteln an der Eingangstür. Mit der Zeit wurden die Geräusche leiser und leiser, als wollten sie zurückgehen zu ihrem Ort, als langweilten sie sich in seiner Welt, als gäben sie auf, ihn zu locken. Er sah Anna im Café Conde auf ihn warten und allein nach Hause gehen, Abend für Abend und eines Tages nicht mehr. Ihre Briefe waren so lange auf dem Postweg unterwegs, bis ihre Beschreibungen ferne Vergangenheit wurde, noch bevor sie bei ihm ankamen, und nur ihre wiederholten Beteuerungen, wie sehr er ihr fehle, Bestand hatten. Da untersuchte er das Briefpapier nach Spuren ihrer Tränen. Er wollte ihr sein trostloses Leben nicht wissen lassen, um sie damit nicht zu belasten, wie er sich selbst versicherte. So fabulierte er in seinen Briefen Heiteres und Abenteuerliches, das er aus der Luft griff, oder als Erlebtes aufbauschte. Ihr Briefwechsel wurde immer unwirklicher. Sie wurde ihm so fern. Er hatte Angst, ihr Bild in seinem Inneren zu verlieren. Bis zum Frühjahr müsse er bleiben, dann wollte er losgehen, trampen, zu ihr und seiner Ebene. In Gedanken unternahm er Wanderungen über die Stoppelfelder, dort, in der heißen Sonne, auf den schnurgeraden, schrundigen Wegen, mit seinen schlichten, noblen Begleitern, sah seinen Ort von Weitem inmitten der Felder, wie auf einem goldenen Teller liegen, und roch die Luft der Feldraine und Gassen, sobald sich der Fabrikdunst aus seiner Kleidung verflüchtigt hatte.

An seinen arbeitsfreien Wochenenden lief er aus der Stadt. Stundenlang streifte er durch den Stadtwald oder durch die Kulturen aus Mais, Zuckerrüben und Kartoffeln, hoch über dem Flusstal. Auf seinen einsamen Wegen überfielen ihn seine Sehnsucht und Gefühle, und er konnte sich ihrer nur erwehren, wenn er ihnen Namen

gab und in Verse drechselte, an denen er sich dann festhalten konnte:

„Die Fluren haben sich zurückgezogen
Und harren starr der Dinge, die da kommen.
Die lichten Farben sind verflogen
Und schaffen Platz für ihre schwarzen Schwestern.

Die Sonne hängt ganz schräg an grauen Fäden
Und schickt ein mattes Lächeln zu den Schollen.
Der krause Wind seufzt leise in den Hecken,
In denen Vogelstimmchen stecken.

Ich trage meine Sehnsucht durch die Felder,
Wie einen Drachen, der nicht fliegen mag.
Oh Gott, du bist doch noch viel näher hier,
Beug dich herab, herab zu mir."

Er fühlte sich allein, vereinsamt. Er fand keinen Zugang
zurück zu den früheren Freunden. Er wollte nicht ihre
hartnäckigen Fragen beantworten und Erklärungen abgeben müssen. Er wollte nicht vor ihnen wie ein Geschei-
terter dastehen. Er wollte nicht die blutarmen Berichte
über ihren eifrigen Weg in ein bürgerliches Leben, über
ihre Lust und Streben nach viel Sein und Haben anhören
müssen, wo er sie doch kannte, als sie von hochfliegenden Ideen und Idealen schwärmten. Er wollte nicht, dass

sie beim Auseinandergehen immer auf seinen Oberarm schlugen, dorthin, wo Anna ihren Kopf gelegt hatte, beim Abschied, und sagten:

„Es wird schon. Du kommst auch wieder auf die Beine!" Nur mit seinem alten Freund Karl, der ihn zum Trampen gefahren hatte, saß er ab und zu zusammen in der Kneipe oder in einer der neumodischen Kellerbars, die ihn immer an Luftschutzbunker erinnerten, solange, bis er mehrere Biere getrunken hatte; mit ihm, dem er aus seinem Ort Briefe geschrieben hatte, dem er erzählen konnte, der zuhörte und fragte und mit ihm Bier trank: auf den ersten Blick ein ungleiches Paar, ein Fabrikarbeiter und ein Unistudent, die nicht nur verband, dass beide die Orte aufsuchen mussten, an denen das billigste Bier ausgeschenkt wurde. Ihm vertraute er auch an, daran denken zu müssen, für längere Zeit, als er geplant hatte, in der Fabrik zu bleiben. Wortreich erklärte er ihm, solange bis er selbst daran glaubte, dass er an seinen Plänen festhielte, ein freies, nicht bürgerliches Leben führen zu wollen, nur hin und wieder einem Gelderwerb nachzugehen und Sein und Haben abzulehnen, so, wie er es in seinem Ort begonnen hatte; die Fabrik schien ihm der geeignete Platz dafür zu sein, denn seine Hilfsarbeit forderte ihn nicht. Er war ein bunter Hund dort. Die anderen akzeptierten ihn, so wie er war, und ließen ihn in Ruhe. Einen Aufstieg zum Akkordarbeiter oder gar zum Angestellten im Betriebsbüro strebte er nicht an. Das Geld reichte ihm für sein bescheidenes Leben, nur zurücklegen für seine Reise konnte er wenig. So musste er sich auf eine längere Wartezeit einrichten, bis er sich wieder aufmachen könnte in seine neue Welt. Hier war er nur ein Durchreisender; an diesen Gedanken klammerte er sich. Im Frühjahr sollte es losgehen. Mit diesem Ziel und dieser Hoffnung durchlebte er seinen Tag und war nicht hier und war nicht dort.

Ein paar junge Männer nähern sich dem Ufer, in Badehosen, einer ist nackt, und springen mit Juchzen und Schreien ins Wasser und sie plantschen und prusten und versprühen Kaskaden von Sonnenblitzen und schwimmen dann an ihm vorbei und winken ihm zu und verschwinden flussabwärts hinter den ersten Uferpflanzungen. Er wartet auf ihr Geschrei, aber er hört sie nicht mehr zurückkommen. Ihre Kleidung werden sie wohl weit von ihm abgelegt haben? Die Sonne steht jetzt am anderen Ufer und bestrahlt in von vorn, heiß noch immer, an diesem späten Nachmittag. Dann fällt sie unter den Baumwipfeln und ihr Licht blitzt im Blätterspiel über das Wasser, die Wiese und über ihn.

Sein guter Freund war es auch, der ihn geduldig zum gemeinsamen Besuch eines Faschingstanzes überredete, weil er „mal auf andere Gedanken kommen müsse".

Schließlich ging er mit ohne Lust und Stimmung, in seiner abgetragenen Werktagskleidung. Tänzer waren sie beide nicht. Den obligaten Tanzkurs in ihrer Schulzeit hatten sie als Zeichen bürgerlicher Weihe abgelehnt. Sie stellten sich in die Bühnenbar, hielten ihr Bierglas in der Hand, lauschten der Musik oder schauten der tanzenden Menge zu und gaben sich den Anschein größter Langweile, lässig an die Barriere zur Tanzfläche gelehnt: eine wogende Menge maskierter Tänzer, umschlungen im alten Foxtrott und außer Rand und Band, in grotesken Zuckungen von Armen und Beinen, beim neuen „Rock and Roll", eingeleitet mit ihrem vielstimmigen Aufschrei, sobald die Band mit diesen harten, stampfenden, synkopischen Rhythmen einsetzte: „Rock around the clock", schrien sie und „One, two, three a`clock rock", „Hey babariba" und Unverständliches mehr, wild und schrill. Sie waren junge Leute! Das war ihre Veranstaltung! Das war ihr Protest!

Unter den vielen Menschen fühlte er sich einsam. Seinem Freund wird es ähnlich ergangen sein. Über solche Dinge redeten sie nicht miteinander. Aber als der Bandleader begann, wie Paul Anka zu singen: „Put your head on my shoulder", und als die Menge mit einem Aufstöhnen sich in die Arme fiel und diese langen, weichen Töne durch den Saal zogen, da schauten sie sich an und wussten, was der andere dachte, und ihn zerschnitt es inwendig. Was hätte er für Annas Nähe jetzt gegeben! Ein Mädchen, wie sie, entdeckte er nicht unter ihnen. Er dachte an den Abend im Theater Sarabia: auch dort hatte er nicht getanzt, wenn er sich richtig erinnerte, denn er durfte sie ja nicht berühren, nicht einmal den Arm um sie legen, aber es war eine starke Stimmung damals, trotz der dünnen Musik. Hier war der Faschingssaal vollgestopft mit Luft-schlangen, Luftballons und Girlanden, überfüllt mit bunten Menschen auf der Tanzfläche und an den Tischen ringsherum. Es war heiß, und die Tabakschwaden hingen über ihren Köpfen. Die Musikband heizte den Gemütern ein mit Elvis, Bill Haley, Paul Anka, Dean Martin, Little Richard und allen Tageshits, in immer dichterer Folge, bis schrilles Geschrei ausbrach, die Leute alles liegen und stehen ließen, zum Ausgang rannten, an den Türen sich stauten und durchschlugen, sich im Foyer um ihre Mäntel rissen.

Dort standen sie beide im Begriff, vorzeitig zu gehen. Für sie war der Grund dieser Panik nicht ersichtlich. Später erfuhr er, es sei ein Brand an der Bühnenbar ausgebrochen, was sich als harmloses Feuerchen herausstellte, das Gerücht sich aber schnell verbreitete und, einmal in den Saal geschrien, die ohnehin aufgewühlten Narren in Panik versetzte. Inmitten dieser kopflosen Menschenmenge traf ihn ein Blick, tief, hilflos, flehend. Er schlug sich zu diesem Blick durch, zerrte das Mädchen heraus aus dem

Knäuel an Leibern, hinaus auf die Straße und war berührt von ihren Augen mit den schweren Lidern, den dichten Augenbrauen knapp darüber, die über der Nasenwurzel fast zusammenstießen. Er ging noch einmal zurück und erkämpfte ihren Mantel in dem Gezerre an der Garderobe und fühlte sich als Retter in der Not. Mehr brachte er nicht zustande. Er stand vor ihr, auf dem Platz, vorm Ausgang, aus dem die Maskierten hasteten, in der Winternacht, und wusste nicht weiter. Sie sah ihn an, dankte und wendete sich zum Weggehen. Nicht nur ihre Augen, auch ihr Gesicht mit den weichen Rundungen hatten ihn sprachlos gemacht. Sein Freund stieß ihn in die Seite:

„Du musst sie nach Hause begleiten um diese Uhrzeit."

Sie erschien ihm zu fein, zu vornehm, zu unnahbar, als dass er an eine solche Annäherung gedacht hätte. Außerdem hatte er ja eine Freundin, eine feste, seine Geliebte im Geist. Der Freund bedrängte ihn, und er fragte und durfte sie nach Hause begleiten, lange durch die Nacht und im ersten Schneefall. Sie lachten über ihre schwarzen Fußspuren, die ihnen hinterherliefen, nebeneinander, in der noch dünnen Schneedecke.

Das Ufer ist hier abgerundet, weich und kurz das Gras, seine Beine baumeln knapp über dem Wasser, das sauber und pastellgrün, still an ihm vorbeizieht. In der Flussmitte ist die Strömung stark und gleichmäßig. Der

Uferrand ist ausgefranst und das Wasser verfängt sich in den kleinen Buchten, irritiert, wie ihm scheint, fließt zurück, bildet Wirbel, findet schließlich den Weg zu den vorbeiziehenden Brüdern und reiht sich in die Strömung ein. Lange verfolgt er dieses Spiel, das sich im immer gleichen Rhythmus wiederholt. Ab und zu schnalzen Fische hoch auf der Suche nach Fliegen, die sich jetzt dicht über dem Wasser bewegen, zu dieser späten Nachmittagszeit. Mitunter sieht er große Fische, mit silbrigen Bäuchen, weit aus dem Wasser springen, Forellen, denkt er. Dann glitzert das Sonnenlicht in den Ringen, die rasch von der Strömung geglättet werden. Drüben, das andere Ufer, vielleicht fünfzig Schritte von ihm entfernt, ist dicht mit Büschen und Bäumen bewachsen. Hohes Schilf steht davor bis ins Wasser, das dort dunkelgrün und glatt liegt, bis ein Fisch springt und Sonnenreflexe versprüht.

Er hatte sie nach Hause begleitet. Sie wohnte am Rande der Stadt: viel Zeit sich näherzukommen! Sie sagte ihren Namen, nur ihren Vornamen, Susanne, und sprach über ihr Examen, das sie im Sommer machen wolle, und er sagte, er müsse vorübergehend in der Fabrik arbeiten; das schien sie nicht zu verwundern, denn sie sagte nichts dazu. Er konnte leicht mit ihr reden; sie hatte eine weiche Stimme.

Am Ende ihres langen Wegs durch die Nacht und den
Schnee und die verlassenen Straßen küssten sie sich
sanft. Das war der erste Kuss nach Anna stellte er fest. Er
sah sie vor sich, auf seinem Heimweg, nachdem er
Susanne vor ihrer Haustür Gute Nacht gesagt hatte. Sie
wohnte allein in einer Einzimmerwohnung. Er sah Anna
immer wieder vor sich, wie sie lächelnd auf ihn zukam
und dann, wie sie vor ihm stand, zu ihm weinend hinauf-
blickte. Er wollte ihr Bild verscheuchen und gleichzeitig
festhalten. Er wollte ihr doch nicht weh tun! Er fühlte sich
schuldig; wie ein Verräter fühlte er sich. Ihm war, als
hätte er etwas Schönes kaputtgemacht, für immer verloren. „Unwiederbringlich", sagt er sich. Das Wort ging
ihm nicht mehr aus dem Kopf und zerfiel in einzelne Sil-
ben und Buchstaben, wie Scherben. Anna war ihm doch
immer sehr gegenwärtig gewesen, ein Halt, ein Ziel. Aber
der Kuss von Susanne war noch auf seinen Lippen, jetzt,
in dieser Nacht, auf dem Heimweg, und Anna war wie
ein Traum der vorvorletzten Nacht.

Für den Sonntag hatte er Susanne ins Kino eingeladen.
Sie ließ ihn im Ungewissen, ob sie zu ihrer ersten Verabredung kommen könne. Lang vor Beginn der Vorstellung
stand er im Foyer und wartete auf sie. Er hatte seinen guten Kamelhaarmantel angezogen und einen langen, rot
karierten Schal umgeschlungen, was damals nicht Mode
war, und sah nicht wie ein Fabrikarbeiter aus, dachte er.

Die Zuschauer um ihn herum verschwanden mehr und mehr im Filmsaal. Schließlich stand er allein in der Halle. Sie kam nicht! Er blieb und wartete in zunehmender Enttäuschung und wollte nicht wahrhaben, was geschah. Er hörte dem dumpfen Schall der Filmmusik und den Stimmen aus dem Kinosaal zu, unschlüssig, bis sie atemlos vor ihm stand: ihr Bus! Er hatte vergessen, wie schön sie war. Während sie noch immer außer Atem erklärte, nestelte sie an seinem Schal, drapierte ihn anders, und er dachte an Anna, die ihm auch immer etwas gerichtet hatte, scheinbar flüchtig; aber das Erinnern tat nicht weh. Danach waren sie zusammen, wann immer die Fabrikarbeit und ihr Studium sie losließen. Seine grauen, leeren Tag, von Arbeit und Einsamkeit markiert, wurden farbig und ausgefüllt von ihr. Nun erwartete er ungeduldig den Feierabend und eilte zu ihrem Treffpunkt, selbst, wenn sie nur kurz zusammen sein konnten. Federleicht konnte er mit ihr reden, sein ganzes Leben erzählen, freimütig. Und sie sprudelte über von Erlebnissen ihrer Flucht aus dem Osten, ihrer heiteren Kindheit auf dem Land und ihrer Jugendtage in einer anderen großen Stadt. Es war, als hätten sie vorher nie darüber sprechen können. Als hätten sie beide in ihrem bisherigen Leben nur aufeinander gewartet und sich endlich gefunden. So erlebten sie den ungewöhnlich heißen Sommer der folgte. Er war so heiß, dass Wasser knapp wurden, der Fluss nicht mehr schiffbar war, und die Ernte oben auf den Höhen vertrocknete.

Sie zogen durch die Wälder der Umgebung, saßen im Baumschatten der Biergärten oder in den warmen Nächten auf der Terrasse über der Stadt, badeten im Vollmond im Fluss, versumpften in den schummrigen Kellerbars, und zum Ende des Jahres konnten sie sich nicht vorstellen, ohne den anderen zu leben und heirateten.

Sie zogen in eine andere Stadt, nur um allein für sich zu sein. Doch sie standen auf wackligen Füßen: er ohne Beruf, sie mit Examen, aber ohne Arbeit, aber sie waren zusammen und hielten sich fest aneinander, die ganze Zeit; so konnte ihnen nichts zustoßen. Wie bei ihrem ersten Blick in der Menge, gab sie sich hilfsbedürftig, was ihn zu großem Tun anspornte, und, auf einem langen Weg, zu Beruf und Wohlstand führte. Seine Pläne für ein ungebundenes Leben ohne Sein und Haben hatte er vergessen   oder verdrängt oder einen besseren Ersatz gefunden. Susanne war ihm mehr als Ersatz. Anna hatte er nicht vergessen, aber sie war ihm wie ein Traum am Morgen, den er festhalten wollte und der im Wind des Arbeitstages verwehte. Ihr Briefwechsel war eingeschlafen. Er wollte ja auch treu sein, seiner Frau, in Gedanken und im Tun.

Ihm wurde von seiner Firma eine vertrackte Aufgabe gestellt, die er führen und verantworten sollte. Fern seiner einmal angestrebten Bedürfnislosigkeit bewegte er sich

nun auf dicken Teppichen, in abgesonderten Firmeneta-
gen, in Hotellobbys, Privatjets und Restaurants der Lu-
xusklasse. Aber auch hier glaubte er nicht dazuzugehö-
ren. Das war nicht seine Welt. Das war ihm wie ein Büh-
nenauftritt. Er spielte jeden Tag eine Rolle, die nicht zu
ihm passte, sagte er sich. Morgens, vor Abfahrt zur Firma
oder auf Geschäftsreise legte er seinen Harnisch an, wie
er sich zuredete und darüber seinen feinen Zwirn mit Kra-
watte. Sein Schwert war sein messerscharfes Denken und
Agieren, fabulierte er, und sein Ort auf dem strohgoldnen
Teller, seine Wanderungen durch die Ebene und sein
selbstvergessendes Stehen und Schauen wurden seine
Rückzugsbasis im Kopf. Susanne war ihm alles und jede
Mühe wert. Er bewunderte alles an ihr und war ihr bereitwillig erlegen. Er merkte nicht, wie sie ihn umformte o-
der es war ihm recht. Sie sagte zu ihm:

„Wenn es dir gut geht, geht es auch mir gut."
So mühte er sich, ihr sein Gutergehen zu zeigen. Sie war
ihm geheimnisvoll in ihrem Befinden und Wünschen. Sie
war genügsam und gleichzeitig begierig, wie eine
Pflanze, die sich aus ihrer Umgebung nimmt, was sie
zum Gedeihen braucht, nicht mehr und nicht weniger. Sie
bauten sich ein Haus mit viel Natur ringsherum. Das
wurde ihre Welt; vielmehr, baute er ihr dieses Haus, denn
ihm fiel es schwer, ihre Stadtwohnung zu verlassen. Aber
so konnte er unermüdlich zuschauen, wie sie den Boden

bearbeitete, grub, häufelte, einpflanzte in selbstvergesse-
ner Hingabe und geduldig das Wachsen umsorgte, inmitten ihrer Pflanzen und Blumen selbst eine Blume, die nur
blühen und da sein will, erdnah, aber mit dem Kopf im
Himmel. Von den Pflanzen, glaubte er, nahm sie ihr unerschütterliches Vertrauen, dass schon alles so werden
würde, wie es werden solle, was ansteckend war für ihn.
Wild gab sie sich dem Wind, der Sonne und dem Wasser
hin. Als sie ihm weggenommen und die Hälfte von ihm
mitgerissen wurde, als er zum letzten Mal in ihre Augen
sah, als sie beide nur ihre Augen sahen und er in Euphorie
zu ihr sagte:

„Du wirst sehen, du wirst jetzt wirklich bald gesund." Und als er am nächsten Morgen ihre Augen nie
wieder sah, da ging er wirr nur noch die alten, gemeinsamen Weg ab, spürte ihr nach, wo sie zusammen gewesen
waren, kleidete sich so, wie es ihr immer gefallen hatte,
ließ alles so, wie sie es verlassen hatte. Beschwor ihr Bild
im langen Versinken in ihre Vergangenheit, immer und
immer wieder, floh in die Vergangenheit, lebte in der Vergangenheit und hatte die Orientierung für den Tag verloren. Er wusste nicht mehr, wer er war und wollte sich aufmachen an seinen Ort und dieser Grausamkeit entfliehen,
als wäre dann alles ungeschehen, als würde er sie dort
wiederfinden, in dieser sonnendurchfluteten Kargheit
und sich selbst dazu.

Er sitzt am Flussufer. Er fühlt es wie Schmerzen, ein wehes Ziehen in seiner Brust; zu tief ist er in seine Erinnerungen eingedrungen. Da ist in seinem Innern eine wunde Stelle, die er besser nicht berühren sollte; außerdem ist er müde und etwas flau ist ihm. Er hat heute kaum etwas gegessen oder eigentlich nichts.

„Das ist auch nichts Neues", sagt er zu sich.

„Essen und alle diese vitalen Dinge sind mir vergangen. Es ist eine Fügung, die mich irgendwie auf den Beinen hält."

Er spricht mit sich selbst seit er allein ist, und sobald er allein ist, denn hier ist er allein. Da fällt ihm ein, dass die Tüte vom Markt, mit den Trauben und dem Käse, bei der Frau im Museum steht. Er hat sie bei seinem überstürzten Weglaufen vergessen. Zurück gehen will er nicht. Er hat noch den Weg zum Hotel vor sich und die Sonne steht schon tief. Wenn er sich noch etwas ausruht und erholt, braucht er nichts essen, denkt er. Er legt sich mit dem Rücken ins weiche Gras, verschränkt seine Hände hinter dem Kopf und schaut hoch zu den Weidenblättern und dem Himmel dazwischen, der jetzt am späten Nachmittag von einem tiefen, endlos flirrenden Blau ist; dann schläft er ein. Er wacht auf, mit dem Gefühl, jemanden in seiner Nähe zu haben. Er richtet sich auf und dehnt sich. Seine Muskeln schmerzen. Er dreht seinen Kopf zur linken Seite und sieht auf seiner Höhe, etwas versetzt von der Uferböschung, eine hell gekleidete Frau sitzen, die ihn anschaut, vielmehr ihren Kopf in seine Richtung hält. Die Entfernung, zwanzig, dreißig Schritte, ist für ihn zu groß, um ihr Gesicht erkennen zu können. Sie sitzt im Licht- und Schattenspiel der Blätter, das über ihre dunklen, langen Haare huscht und über ihr helles Kleid. Es reicht ihr bis zu den Füßen. Sie hat die Beine angezogen und ihre Knie mit den Armen umschlungen. Sie sitzt aufrecht und schaut unverwandt in seine Richtung. Verlegen wendet er sich ab und blickt aufs Wasser.

„Ich kenne sie! Das ist unmöglich, ich kenne hier niemanden mehr, aber ich habe das Gefühl, dass ich sie kenne! Ich kenne sie sogar sehr gut! Sie ist eine sehr gute Bekannte. Ich freue mich, ich bin sehr erfreut, sie zu sehen! Mir ist ganz eigenartig zumute. Ich muss zu ihr gehen! Ich gehe jetzt zu ihr!"

Er wendet sich ihr wieder zu: sie ist nicht mehr da, sie ist verschwunden, in Luft aufgelöst! Er steht auf, strauchelt leicht, wartet einige Sekunden bis sein Kreislauf sich fängt und geht dorthin, wo sie gesessen war. Auf dem kurzen Gras findet er keine Spuren, starrt in den Uferhain, der hier licht und überschaubar ist, läuft ein Stück hindurch bis zum Rand des Unterholzes, bis es undurchdringlich ist, läuft zurück und hastet hoch bis zu den Häusern, zum Weg, auf dem er gekommen war, und den er über den Platz bis zur Kirche überblicken kann. Da ist weit und breit kein Mensch, der ihr auch nur ähnelte. Atemlos sucht er seinen Platz auf, setzt sich wieder ins

Gras und hält sich den Kopf mit beiden Händen.

„Vielleicht war das heute alles zu viel!"

Lange sitzt er starr, und je länger er so starr sitzt, desto monotoner geht es ihm durch den Kopf, immer wieder.

„Das Strömen des Flusses und das Strömen in mir. Diese Frau hat mich von fern berührt, Ich kenne sie."

Immer wieder blickt er sich um, aber er ist allein. Die Flussströmung, mit ihrer Stärke und Stille, tut ihm gut. Lange sitzt er und schaut, bis ihn sein knurrender Magen zwingt aufzubrechen. Er geht flussaufwärts am Ufer entlang. Die Weidenbäume und Erlen stehen hier dichter, schattiger, manche im Wasser, das an ihren Wurzeln gurgelt und schmatzt. Aber in der Flussmitte zieht die Strömung still, stark und ungehindert vorbei und lässt Sonnenlichter auf ihrem Rücken tanzen. Er findet einen Wiesenpfad, der an einem Treppenaufgang endet, Er steigt die steilen Stufen hinauf bis zum Brückenanfang. Er denkt, die Frau hätte unmöglich diesen Weg nehmen können, ohne an ihm vorbeizugehen oder ohne von ihm gesehen zu werden, in der kurzen Zeit, in der er von ihr abgewandt in den Fluss geschaut hatte. Ist er dabei nochmals eingeschlafen? Ist sie nur eine Traumgestalt gewesen? Das wäre eine einfache Erklärung und alles bliebe, wie es war. Nein, das kann und will er nicht glauben. Auch wenn sie im Flirren der Sonnenreflexe zwischen dem Blattwerk und dem Wasserspiegel, sich einmal schier auflöste und dann in scharfen Konturen sichtbar war, hat er sie in Wirklichkeit gesehen, nicht nur gesehen, sondern gefühlt, ihre Ausstrahlung empfangen. Ein Traum verflüchtigt sich nach dem Erwachen, aber sie hat sich in ihm eingegraben, sie beunruhigt ihn. Was will sie von ihm? Ist sie ein Zeichen, gar eine Botin aus dem Jenseits?

Er sollte sich aufmachen, Anna zu suchen. Jetzt, da sie mit dem Aussprechen ihres Namens der Vergangenheit entrissen wurde und ihm so wirklich geworden ist. Jetzt kann er nicht mehr nur in der Erinnerung, in der Ungewissheit mit ihr sein. Gleich morgen sollte er ins Museum zurückgehen und die Wärterin befragen. Sie wird sich sowieso wundern, dass er sie und die Tüte so Hals über Kopf stehengelassen hat. Er ruft sich das Gespräch ins Gedächtnis zurück und ahnt, die Frau hat ihm nicht die ganze Wahrheit gesagt. Sie weiß mehr, als sie zugab! Morgen wird er, frei vom Schock der ersten Begegnung, ruhig und gelassen mit ihr sprechen können. Sicher wird er bei ihr eine Spur zu Anna finden. Er fühlt es, sie lebt. Ob er sie erkennen würde? Ob er die junge Frau von damals in ihr finden könnte? Ob sie ihm gänzlich fremd geworden ist? Wie auch immer, er muss sie aus der Vergangenheit holen. Er will sie sehen, so wie sie heute ist. Auch seinen Ort sollte er aus der Vergangenheit holen und ihn sich wieder heimisch und zugehörig machen. Trotz aller

Veränderungen und dem modischen Firlefanz ist er in seinem Wesen der alte geblieben, aber nicht in der Vergangenheit erstarrt, sondern recht lebendig. Er hat ja gesehen, die Zeit ist hier nicht stehengeblieben. Er will ihn
annehmen, so wie er heute ist, und seine Erinnerungen
vergessen, nein, nicht vergessen, nur nicht mehr in ihnen
leben. Er wird sich also aufmachen, die Straßen, Gassen,
Häuserreihen und Neubauten, die Cafés und die Bewohner neu zu entdecken und für sich zu gewinnen oder sich
hingeben. Er wünscht sich, und hält es, je mehr er darüber
nachdenkt, für möglich, nach seiner Zerstückelung, seiner Halbierung, mit dem Weggehen von Susanne, hier
sich wieder neu zu finden. Und seine Wanderungen durch
die Ebene wird er wieder aufnehmen, bei Wind und Wetter. Die Natur ist unverändert geblieben; da braucht er
sich nicht neu zu orientieren. Aber Zeit werden seine
Vorsätze brauchen; das alles lässt sich nicht in ein paar
Tagen bewerkstelligen. Er muss hierbleiben, länger, lang,
auf unbestimmte Zeit, wie damals, als er ankam, um
rasch weiterzuziehen, und dann so lange blieb. Er wird
sich eine feste Bleibe suchen, ein Zimmer, privat oder
eine kleine Wohnung, und wird dann in Ruhe alles ange-
hen. Kein Mensch und kein Termin warten auf ihn!

So, in Gedanken versunken, steht er am Anfang der Brücke. Es ist eine alte Steinbrücke mit vielen Bögen, lang und eng. Die Gehsteige lassen kaum zwei Fußgänger aneinander vorbeigehen. Er weicht jedes Mal auf die Straße aus; er, der alte Mann, den jungen Leuten, geht es ihm durch den Kopf, aber er mag die Menschen hier im Ort und will ihnen freundlich begegnen; jetzt, wo er hier bleiben will und zu ihnen gehören wird, nicht mehr als Tourist, als Reisender, sondern als Ortsansässiger, als Einwohner mit altem Wohnrecht. Manchmal grüßt er, wenn sie an ihm vorbeigehen und ihn anschauen. Bei den ersten Brückenbögen beugt er sich über das Eisengeländer und schaut hinunter aufs Wasser, das hier smaragdgrün und durchsichtig ist. Dort ist ein flaches Wehr zwischen den Brückenpfeilern. Dort strömt es weiß und rauschend bis zu einer Kiesbank in der Flussmitte. Von hier oben sieht er die dicht bewachsenen, ausgefransten Uferböschungen, den Platz, an dem er gesessen war, und etwas flussabwärts die Stelle, wo er die Frau, im hellen Kleid, gesehen hat. Noch etwas weiter abwärts verschwindet der Fluss in einer Biegung unter einem dichten Blätterdach, über dem die Sonne zu dieser Tageszeit ein gelbes, weiches Licht legt, schon vom Westen her. Junge Männer stehen unten im Wasser und auf der Kiesbank und werfen lange Schatten mit ihren Angeln. Sie reden offensichtlich heftig miteinander, aber ihre Stimmen werden vom Rauschen am Wehr verschluckt. Die Brücke senkt sich in immer niedrigeren Bögen zum anderen Ufer. An ihrem Ende geht er, abseits von der Straße, durch einen Erlenhain. Hier stehen die Bäume aufgereiht in mehreren Gängen. Er läuft durch eine der schnurgeraden Baumspaliere, die hoch oben in ihren Wipfeln zusammenstoßen und ein in der Sonne gelb leuchtendes Dach bilden. Das lässt ihn an ein gewaltig hohes, gotisches Kirchenschiff denken. Er denkt auch an die helle Frau am Flussufer, ihr in Luft aufgelöstes Entschwinden. Er denkt an die Tüte mit Käse und Trauben. Er denkt daran, dass er den ganzen Tag auf den Beinen ist, abgesehen vom Aufenthalt am Flussufer und dem kurzen Sitzen vorm Laden von Grand und auf der Bank am Friedhof und in der Konzertkapelle.

Als er am Ende der Baumhalle im Hotel ankommt, hat er seinen Hunger vergessen. In der Empfangshalle erklingt gedämpfte Raummusik: Mönchsgesänge. Das Hotel ist in ein ehemaliges Kloster gebaut. Überall hängen Bilder an den Wänden, mittelalterliche Buchmalereien, farbstarke Reproduktionen aus jahrhundertealten Evangeliarien, die er sich vor seiner Morgenwanderung betrachtet hatte. Sie hängen auf roten Stofftapeten zwischen dunklen Holzbalken. An der mit Bildschirmen bestückten Rezeption lässt er sich den Zimmerschlüssel geben, geht aber, in einem plötzlichen Entschluss, neben der Theke durch eine Glastür, die nur für Hotelgäste geöffnet wird, drei, vier Stufen abwärts, in das gelbe Licht des Kreuzgangs. Da

steht er in einer hoch aufragenden Säulenflucht. Von allen
Seiten, von den Wandsäulen, den Säulen zum Innenhof,
dem hohen Deckengeviert, aus Nischen und von Balda-
chinen sehen Köpfe, Büsten, Statuen auf ihn herab, beobachten ihn, wie er so vor ihnen steht und dann zögernd
an und unter ihnen vorbeigeht, langsam auf den holprigen
Steinquadern des Bodens, der poliert ist von den unzähligen Schritten in Jahrhunderten, und nicht wagt, stehen-
zubleiben vor ihnen, so lebendig erscheinen sie ihm, und
so prüfend schauen sie auf ihn: Hat er Unrecht getan? Hat
er sich schuldig gemacht? Muss er ein schlechtes Gewissen haben? Manche strecken ihre Köpfe aus dem gelben
Stein, weit in den Gang hinein, damit ihnen nichts
entgeht. Andere, über ihm im Zenit, umgrenzt von Blattwerk und Basreliefs, sind entrückt vom Geschehen am
Boden. Die Zeit ist hier angehalten; sie lagert in den
Ecken dieses Gangs und träumt im warmen, ockergelben
Geviert. Er hört nur das scheue Piepsen einer Amsel, die
er im Innenhof auf dem Brunnenrand entdeckt. Sie hüpft
hin und her, auf den Rasenboden und wieder zurück auf
den Rand. Der Brunnen ist still. Schattig ist es um ihn;
der Himmel verblasst schon, aber die gelben Sandsteine
haben die Hitze des Tages gespeichert und strahlen sie
jetzt ab. Gemessen schreitet er durch den Gang und versucht ein stilles Gebet. Er will sich in die endlos lange
Reihe der betenden Mönche vergangener Zeiten einord-
nen. Er sieht sie vor sich, wie sie über Jahrhunderte durch

dieses Gewölbe gewandelt sind, versunken in ihren Kutten: feierlich erleuchtet, erfüllt, zweifelnd, wiederwillig, hilfesuchend, demütig, so wie er jetzt, und wie sie sich gleichzeitig erhoben gefühlt haben unter diesem Werk aus Büsten, Köpfen, Ornamenten, erhoben nach oben, in diese steinerne Schönheit und Fülle und noch höher, vielleicht. Auf einer Tafel liest er, was er gesehen hat: zweihundertachtzig Köpfe, von der Erschaffung des Menschen bis zum Tod Christi, gemeißelt in einer Zeit, in der die Angst vor dem leeren Raum herrschte: Horror vacui!

Da muss er an das vollgestopfte Café Conde denken, an das überladene Museum, an den vollgestellten Gang in seinem Kloster, an die Geschäftsstraße und ihre Auslagen, an denen er heute entlang gegangen ist und an die aufgehäuften Marmorgrabstätten:

„Ob wir heute auch vom horror vacui befallen sind?"
Auf halbem Weg findet er eine offene Tür, in einer Ecke des Kreuzgangs. Unter einem Bogen überquellender Bildhauerei geht er hindurch und steht in einer mächtigen Kirchenhalle, gleisend hellerleuchtet. Nach dem sanften Licht im Gang, blendet die Scheinwerferbeleuchtung in dieser weißen Leere: Die Halle ist ausgeräumt. Die Bankreihen sind entfernt. Scheinbar vergessen wurden die Altaraufbauten an den Wänden: einsam und verloren lehnen sie an den weißen Mauern. Im Hintergrund, dort wo das Licht der Scheinwerfer kaum noch hinreicht, erkennt er

Steinsarkophage, die kreuz und quer stehen, als wären sie hier nur vorübergehend abgestellt. Auf einem schwankenden, mit Holzplatten belegten Boden, nähert er sich ihnen. Ihre massiven Steindeckel, glattgewetzt von der Zeit oder mit Reliefs bedeckt, sind auf die Seite geschoben. Er schaut in leere Tröge. Sie stehen auf Holzbalken über offene Gruben. Das Licht reicht nicht bis zu deren Inneres; er blickt in eine schwarze Tiefe. Auch zwischen diesen Gräbern liegen Holztafeln und Bohlen, auf denen ein knarrender Weg zum alten Ausgangsportal führt; das ist jetzt eine elektronisch gesteuerte Glastür. Dahinter sieht er Einrichtungen, wie sie in Museumsshops üblich sind. Auf dem schwankenden Boden tastet er sich durch die Halle, zurück zum Hochaltar und den dort abgestellten Seitenaltären. Er betrachtet die Holzschnitzereien und zahllosen Bildtafeln - aus einer reichen Vergangenheit, vermutet er - alles gut erhalten und gepflegt. Die Goldfassungen der Figuren und Geräte glänzen im hellen Licht. Aber er muss trotzdem an eine Lagerhalle denken, in der Allerlei untergestellt und vergessen wurde.

Rechts von den Altären, in einer Nische, weist ein Schild zum Eingang der Sakristei, schon außerhalb des Scheinwerferlichts, sodass dessen Schrift kaum noch lesbar ist. Er geht durch das geöffnete Portal in diese Sakristei. Zunächst steht er im Dunkeln. Dann sieht er einen Lichtschimmer, ein Lichtgebilde und schließt sofort die

Augen, weil er nicht wahrhaben will, was er gerade gesehen hat. Als er die Augen wieder öffnet, fühlt er es, wie einen Schlag auf den Hinterkopf; sein Herzschlag geht bis zum Hals! Er will sich umdrehen und wegrennen. Unfähig ist er sich zu bewegen; er steht starr vor der Frau vom Fluss. Sein Atmen gerät ihm durcheinander. Er schüttelt den Kopf, als könnte er dieses Bild aus seinen Augen schütteln. Doch dann geht er, fremdbewegt, einen Schritt weiter in den Raum. Ohne jeden Zweifel, denkt er, die gleiche Erscheinung wie am Fluss, diesmal jedoch aufgerichtet, stehend. Auch jetzt das Gesicht verschwommen, die Haare verschmolzen mit der Dunkelheit ringsum. Das helle Kleid fließt in weichen Falten nach unten. Bewegungslos steht sie vor ihm. Noch einen schweren Schritt vorwärts; die Frau verharrt, ungerührt, mit verschwommenem Gesicht. Da erkennt er die Sinnestäuschung: Vor einem hohen Glaskubus steht er, vor einem Spiegelbild! Er dreht sich um. Schräg hinter seinem Rücken hängt ein lebensgroßes Ölgemälde von einer kleinen Bogenlampe notdürftig beleuchtet: Eine hellgekleidete Gestalt, ihr Licht scheint aus ihrem Inneren zu kommen, mit wallenden Haaren, steht auf einem Feldweg und wendet sich einer Frau zu, nur eine Silhouette, mit dem Rücken zum Betrachter. Diese leuchtende Gestalt spiegelt sich in der Glaswand des Kubus wider. Auf einem Schild am unteren Rand des Bildes liest er:

„Noli me tangere".

Der gleiche Titel, wie das kleine Gemälde, das ihm im Museum auffiele, ähnlich leicht und duftig gemalt, als sei alles wie Luft und würde sich im nächsten Moment auflösen. Weiter liest er:

„Unbekannter Meister um 1750".

Wie im Museum! Sicher derselbe Maler beider Werke. Das kleine Museumsbild eine Studie für das Große hier? Er klammert sich an solche Überlegungen, damit er, nach diesem Schrecken, wieder auf den Boden kommt. Jetzt, an diese Lichtarmut gewöhnt, entdeckt er in der hintersten Ecke des Raums eine Bank, auf die er sich ächzend niederlässt. Schemenhaft nimmt er die Gegenstände um sich wahr: schwarze Holzschränke an den Wänden, die Decke des hohen Raums, balkenbewehrt, in seiner Mitte der hochragende Glaskubus, in dem er einen aufgespannten Teppich erkennt. Von seinem Sitz aus ist das Spiegelbild der Frau nicht zu sehen.

„Wahrscheinlich wird zur Besichtigung des Teppichs eine eigene Beleuchtung eingeschalten", denkt er, weiter um Bodenhaftung bemüht, denn noch zittert er und fühlt seinen Rücken kalt und feucht. Auf seinem Weg hierher ist er keinem Menschen begegnet. Auch jetzt scheint er allein zu sein in diesem gewaltigen Bau, in der dunklen Sakristei, der ausgeräumten Kirchenhalle, dem vieläugigen Kreuzgang, in dieser absoluten Stille.

Das Erscheinen und Verschwinden dieser Frau am Fluss geistert durch seinen Kopf. Er kann sich keinen Reim machen auf seine Aufgeregtheit und Betroffenheit und das Gefühl, vertraut zu sein mit ihr. Er hat doch nicht geträumt. Er war vollkommen wach! Er setzte sich auf. Er saß gerade, aufgerichtet, im Gras. Dann erst erblickte er die Frau. Sie schaute ihn an, solang bis er verlegen wurde. Da wandte er sich ab zum Wasser. Dann stand er auf, um zu ihr zu gehen. Was wollte er von ihr? Wollte er fragen, warum sie ihn so ansah? Warum er das Gefühl hatte, sie zu kennen, vertraut zu sein mit ihr, so eine überaus warme Vertrautheit und Nähe zu empfinden, als wäre sie - das wollte er nicht einmal weiter bedenken - Anna oder gar Susanne?

Von ihr hatte er dreimal geträumt, nach ihrem Tod. Es waren kurze, farbige Träume, von denen er erwachte und aufstand in der Nacht. Er träumte: sie kam zu ihm aus dem Jenseits, das war ihnen beiden klar, zu Besuch oder wieder zurück von der Reise; einmal mit einer Reisetasche, die sie ihm in die Hand gab, und die er in den Hausflur abstellte, bevor sie sich in die Arme fielen. Sie wollte sich ihm zeigen, wie viel schöner sie geworden war, nach ihrem entstellenden Leiden. Das sagte sie nicht, sie sprach nicht, aber er wusste es. Sie hatte wieder ihr Mädchengesicht. Lächelnd war ihr Gesicht ganz nahe dem seinen. Er sah ihre leuchtenden Augen. Er fühlte für Sekunden Wärme und Geborgenheit, so stark, dass es ihm Tränen in die Augen trieb. Dann löste sie sich in seinen Armen auf, und er erwachte mit stark klopfendem Herzen und verbrachte die Zeit bis zum Morgengrauen tief betrübt und gleichzeitig beglückt auf einem Sessel, in eine Decke gehüllt. Wie sanft war sie wieder gewesen, wie still und in sich ruhend! Wie eine Blume wollte sie immer sein, nur blühen und da sein. In den Jahren ihres Zusammenseins waren sie zusammengewachsen: jeder hatte nach und nach die Hälfte von sich abgelegt, und so sind sie zu einem neuen Wesen geworden; für untrennbar hielten sie sich. Deshalb fühlte er sich, als sie ihm weggenommen, weggerissen wurde, zur Hälfte amputiert. Auf einem Bein irrte er umher und hielt sich fest an ihrer gemeinsamen Vergangenheit. Als er die Frau vom Fluss sah, als sie ihr Gesicht unverwandt ihm entgegenhielt, fühlte er Augenblicke dieser atemanhaltenden Nähe und Geborgenheit, wie in seinen Träumen.

Tiefer und tiefer versinkt er in Gedanken auf der Bank, in der Sakristei. Er fühlt sich in diesem Raum, in dieser Stille, in dieser Zeitlosigkeit aufgehoben: die Vergangenheit ist hier so gegenwärtig, Gegenwart und Vergangenheit sind eins. Er denkt an die Konzertkapelle; auch dort, im Klang der Musik, verschmolzen Gestern und Heute zu einer Zeit, für die er keinen Namen kennt.

„Noli me tangere", heißt das Bild im Museum und hier an der Sakristeiwand.

„Berühre mich nicht".

Er steht auf, fühlt seine steifen Gelenke.

„Ach, meine alten Kochen", stellt er fest ohne jegliche Gemütsregung. Solche Feststellungen trifft er ab und zu: Zeichen des Alterns ohne Bedauern! Er geht zum Bild: ja, die helle Gestalt auf dem Feldweg ist ein Mann, Blutspuren um seine Stirn, die abwehrende Hand verletzt: Natürlich! Der Auferstandene! Er sagt zu Maria Magdalena, seiner Liebe:

„Berühre mich nicht. Ich bin noch nicht zum Vater hinaufgegangen."

So steht es geschrieben, erinnert er sich. Er betrachtet ihn in seiner Haltung, ganz der Frau zugeneigt, als wollte er sie in seine Arme nehmen und müsste sich selbst abwehren. Mit diesen paaren Worten hat er sie sicherlich nicht abgefertigt und stehengelassen und ist weitergegangen; schließlich hat sie ihn aufgesucht, als Erste, am Grab, in aller Frühe und ihn für den Gärtner gehalten und um ihn geweint. Vielleicht hat er ihr diese Hieroglyphen so erklärt:

„Wenn du mich berührst, machst du mich dir zu eigen und hältst mich auf deinem Boden und in deiner Zeit fest. Ich aber bin unterwegs und gehe aus deiner Zeit in die Zeit meines Vaters; er ist der, der da ist, jetzt, immer und

ewig im Jetzt; im Jetzt ist seine Ewigkeit. Wo ich hin-
gehe, kannst du mir noch nicht folgen. Aber nach meiner
Ankunft bin ich bei dir, alle Tage, auch wenn du mich
nicht sehen kannst, bin ich da. Dann schließ deine Augen
und du wirst mein Dasein wissen. Dann sprich mit mir,
und ich werde dir antworten. Dann bitte mich, und du
wirst alles, warum du mich bittest, erhalten. Vertraue mir
und lass die Vergangenheit Vergangenheit sein. Freu dich
auf unsere gemeinsame Gegenwart."

Das schmelzende Weiß seines Gewands mit den blau-
dunstigen Faltenschatten, der ockergelbe Feldweg, das
warme Pflanzengrün, der Morgenschein am Wolkenhim-
mel, der hauchblaue Schattenriss der Frau! Dieses Licht-
und Farbenspiel empfindet er wie ein impressionistisches
Gemälde, obwohl in einer viel früheren Stilepoche gemalt. Das Bild und diese Räume! Sie passen auf den ersten Blick so wenig zueinander und werden doch eins, je
länger er sie wahrnimmt: Vergangenheit und Gegenwart!
Das Uralte um ihn beginnt zu atmen und zu leben. Die
Mönche vom Kreuzgang sieht er jetzt hier. In ihren
schwarzen Kutten sind sie Schatten im düsteren Raum,
ihre Gesichter unsichtbar im Dunkel ihrer Kapuzen. Hin
und her, in feierlicher Würde, sind sie zugange bei einem
ihm undurchsichtigen Tun, lautlos. Sie füllen den Raum
mit Wärme und Geborgenheit. Er fühlt sich zugehörig,
nicht mehr allein. Seine Augen haben sich an das spärli-

che Licht gewöhnt. Er erkennt, neben den Wandschränken, Anrichten, auf denen Gegenstände stehen: Kerzenleuchter und Schalen. Auch hier hängen Gemälde, nur als Schemen noch erkennbar. Die Mönche hat er aus den Augen verloren.

„Was", fragt er sich, „wenn auch ich die Vergangenheit Vergangenheit sein ließe? Wenn ich die vielen Erinnerungen, vom Ort, der Ebene, von Anna, von Susanne, vergangen sein ließe? Wäre dann alles nicht mehr, Susanne endgültig nicht mehr? Das hielte ich nicht aus! Das könnte ich nicht ertragen! Ich lebe doch mit ihr in unserer Vergangenheit und sehe sie vor mir, so wie sie war: Ihr Gesicht der ersten Begegnung, das Gesicht der Geliebten, der Mutter, der Arbeiterin, der Glücklichen, der Traurigen, die, mir eingebrannten Züge, ihrer Reife bis zur Totenmaske".

Lärmen und Poltern, Stimmengewirr und Rufen bricht in diese Ruhe und in seine Gedanken ein und kommt näher und näher. Aufgeschreckt fährt er in seiner Ecke hoch. Es ist ihm nicht recht, hier entdeckt zu werden: man wird sich wundern, man wird ihn schräg anschauen, man wird ihn sogar fragen, etwas Belangloses, nur um zu sehen, was er für einer ist, was er hier zu suchen hat. Er wird dann schnell davongehen müssen, aber er will hierbleiben, seinen Gedanken nachhängen, in denen er sich aufgehoben findet und mit ihnen einen Weg aus seiner Lage erahnt. Eine Stimme ruft, hier sei es zu dunkel, hier sei nichts zu sehen, sie sollten umkehren. Das Lärmen entfernt sich. Erleichtert lässt er sich auf seine Bank zurückfallen und grübelt weiter in seiner Ecke der Sakristei, in der er den Wunsch verspürt, für immer sitzen zu bleiben. Vergangenheit vergangen sein lassen, spinnt er seine Gedanken fort, darf nicht sein, vergessen, was gewesen ist, sondern aufhören, in die Vergangenheit zu fliehen, in ihr zu wühlen, wie er das immer und immer wieder macht, die vergangenen Bilder und Geschichten heraufbeschwören und sich darin einnisten und sich daran festklammern und alles andere ausblenden, bis zur Orientierungslosigkeit, um dann jedes Mal diesen furchtbaren Stich zu spüren, sobald er aufblickt und sieht: so war es, und so wird es nie mehr sein, wenn er begreift, da ist nichts, außer Hirngespinste und Verlassenheit, um dann in diese unendlich schwarze Leere zu fallen, in der er haltlos schreit:

„Herr, fange mich auf, halte mich fest, ich falle!"

Es ist nicht recht, was er macht: sie, die ihn nicht verlassen hat, sondern gerufen wurde, vom Herrn über Leben und Tod geholt wurde, sie wird wieder und wieder von ihm zurückgeholt, festgehalten in ihrer beider Vergangenheit. In dieser düsteren Umgebung hier, geht ihm plötzlich ein Licht auf: hält er Susanne weiterhin in der Vergangenheit, wird sie ihm immer ferner werden - so, wie das jeder Erinnerung ergeht - bis sie eines Tages nur noch ein Wort sein wird. Er will sie Gegenwart werden lassen, so wie der Auferstandene und Maria aus Magdala, denn er liebt sie:

„... bis dass der Tod euch scheidet...", das fühlt er nicht, vielmehr fühlt er seine Liebe wachsen, durchsichtig, geistig werden. Sie darf nicht ins Leere wachsen, unerwidert! Ein Liebender ohne Geliebte! Das lässt sich doch nicht ertragen! Der Herr wird ihn nicht fallenlassen. Er wird sich um ihn kümmern, jetzt, da er sie zu sich geholt hat, wird er ihn nicht fallenlassen, in diese schwarze Leere. So, wie er Maria nicht stehengelassen hat, wird er sich auch um ihn kümmern, um sie beide! Er muss nur endlich kapieren und akzeptieren, dass sie beim Herrn ist, jetzt, denn anders als Maria, die mit Erde und Zeit behaftet zurückbleiben musste, wird Susanne dorthin gegangen sein, wohin der Auferstandene vorausgegangen ist. Dort will er sie suchen und dort kann er sie finden, im Jetzt und nicht im Gestern. Von der Vergangenheit muss er sich abnabeln und seiner Liebe Gegenwart werden lassen.

„Liebe ist ewige Gegenwart".

Wieder richtet er sich auf und geht durch den schummrigen Raum ein paar Schritte hin und her, am Bild vorbei, an der hellen Gestalt vorbei, die im matten Licht und im Schmelz der Farben schwebt und trotzdem mit beiden Beinen auf der Erde, mitten im Feldweg wie angewurzelt steht. Meisterlich ist er beschrieben: er ist hier und dort. Er ist auf dem Boden, im Staub, wo wir uns aufhalten, und er ist dort, wo die anderen sind, auch die Toten. An ihn muss er sich halten, dann findet er Susanne, in ihrem neuen Ort, mitten unter uns, wie ihm einmal in den Sinn kam, als er seine übermächtigen Empfindungen fassen wollte:

Das Paradies, ein Land
Voll Farben, Formen wohl bekannt,
Sehr eben, bergig, duftig grün,
Ein Weben, Wiegen luftig kühn,
mit Lieblichkeit durchwoben.

Das Land - vergiss es nicht -
Beschreibt sich brechend
Regenbogen!

Da wohnst du nun,
Ganz neu hinzugezogen
Schau auf uns hin,
Die wir in grauen Farben wogen.

Großes nimmt er sich vor! Neues will er wagen. Schritt für Schritt wird er sich ihr nähern, und ihm wird leicht bei dem Gedanken, nicht mehr gezwungen zu sein, ihre alten Wege und Orte zu durchstreifen, wirr und wehmütig, um doch vergeblich ihre Nähe zu suchen, und nicht mehr an ihren alten Gewohnheiten festhalten zu müssen, als würde er sonst fallen und sie endgültig verlieren. Wieder und wieder versucht er sich vorzustellen, wie sie jetzt aussehen könnte, dort: anders als in der Vergangenheit; anders als auf ihren Fotos; anders wie an seiner Seite, ähnlich seiner Traumbilder? Er hat sie in drei Träumen gesehen: Schön und ewig jung und seltsam lichtvoll wird sie ihm vielleicht sein, wenn er sie endlich gefunden hat. Er wird sich behutsam ihr nähern. Er wird sie sanft ansprechen, wie bei ihrer ersten Begegnung. Er wird ertasten, inwieweit sie ihn haben will. Sie gehört ihm ja nicht mehr; sie hat ihm noch nie gehört: sie war eine Leihgabe, ein Geschenk auf Zeit, zu Freude beider und Hilfe; das hat er jetzt erst verstanden. Es muss doch möglich werden, ihre Liebe weiterzuleben, zu vollenden.

„Wir überwinden den Tod mit unserer Liebe!"
Weiter oder wieder zusammen zu sein, an einem höheren Ort, in einem Ort ohne Zeit und Raum, voll Geist und Herz, schon jetzt, wie der Auferstandene zu Maria gesagt hat:

„Freue dich auf unsere gemeinsame Gegenwart."

Hier, im Ort, stehen so viele alte Kirchen und Klöster, halb verwaist. Sie werden ihm helfen bei seiner Suche. Er wird sich in ihre Stille setzen und einfach da sein, dann wird ihm schon einfallen, was er tun soll. Mit seinen Gesängen wird er die Jenseitigen nicht betören, nicht umstimmen können. Ihren Körper hat er endgültig verloren, aber sie ist ja mehr als das. Es kann ein langer Weg werden, von der Vergangenheit bis zu ihr, heute, aber er spürt eine neue Kraft, sich noch einmal aufzumachen, wie damals, bei ihrer ersten Begegnung, auf diesem weiten Weg durch die Nacht und dem Schnee, auf dem ihre schwarzen Spuren hinter ihnen herliefen, und sie sich näher und näher kamen, und er, am Ende, mit einem Kuss belohnt wurde. Er wird auch jetzt belohnt werden, mit ihrer Gegenwart im Geist. Euphorie durchströmt ihn bei diesen Gedanken an ein neues Leben, hier und jetzt. Er denkt an den Fluss, dessen Strömung er vor kurzem beobachtete und durch sich fließen fühlte und ruhig und ruhiger wurde, angesichts dieser gezähmten Wassermassen: zwanzigtausendachthundertdreißig Liter, hat er gelesen, flossen an ihm vorbei, Sekunde für Sekunde, und etwas davon durch ihn hindurch.

Er verlässt die Sakristei. Während er zum Ausgang geht, durch die Kirchenhalle, deren Scheinwerfer erloschen sind, und nur noch eine Notbeleuchtung den Weg erkennen lässt, da fallen ihm die Fragmente eines Lieds ein, aber er findet weder den Text, noch die Melodie vollständig. So geht ihm in einer Endlosschleife durch den Kopf:

„...wer glaubt, ist nicht allein...", ein altes Kirchenlied, das er nie verstanden hat, aber, in diesem Moment, begreift, erlebt, körperlich.

Er durchquert den Kreuzgang. Auch hier sieht er seinen Weg, über die glänzenden Steinplatten, nur durch eine Notbeleuchtung am Boden, während die Köpfe und Büsten im Dunkeln des Nachthimmels versunken sind, und mit ihnen ihre prüfenden Blicke. Durch die Glastür kommt er zurück in die warme, heimelige, rot, gelb, braune Hotelhalle, in der noch immer der Mönchsgesang auf und ab fließt, in großer Gelassenheit, aus fernsten Zeiten und trotzdem so lebendig nah: Gregorianischer Choral, vielstimmig:

„Puer natus est", singt der Diskant, und die Männerstimmen antworten in tiefen, warmen Akkorden, ihm ist, als wäre er selbst neugeboren, fast so.

An der Rezeption verlangt er seinen Zimmerschlüssel von der Frau, mit der er immer ein paar Worte wechselt, und hat vergessen, dass er ihn schon eingesteckt hatte, vor seinem Gang in die Vergangenheit, und sagt, dass er heute mal zu Abend speisen werde, im Speisesaal, dem früheren Refektorium, denn er habe heute den ganzen Tag nichts gegessen, und er habe etwas zu feiern. Die Frau blickt hinter ihrem Tresen besorgt zu ihm hoch und wird ihm einen Tisch reservieren. Sie fragt, ob er noch etwas im Kloster gesehen hätte, bei dieser Dunkelheit, und er antwortet ihr:

„Ja, eine Menge; ich habe sogar Neues gesehen und entdeckt, soviel, dass ich länger bei ihnen bleiben möchte. Können sie meine Reservierung zunächst um eine Woche verlängern?"

„Wir haben jetzt Nachsaison, da ist meist alles ausgebucht." Sie sieht dennoch nach.

„Sie haben Glück! Für sie können wir das machen, eine Woche länger. Sie fühlen sich wohl bei uns?"

„Das Hotel ist einmalig schön, mein Zimmer so ruhig. Der Ort hat eine eigenartige Anziehung und die Natur ringsum verzaubert mich", „wieder" - unterdrückt er.

„Sie haben sich eine gute Jahreszeit ausgesucht. Im Sommer ist es oft zu heiß und im Spätherbst oft neblig, tagelang, und im Winter bitterkalt."

Er sagt nicht, dass er all dies kenne.

In seinem Zimmer schaltet er die Tischbeleuchtung an und öffnet die zwei Flügeln der Balkontür. Wie sein Zimmer im Café Carmen damals denkt er, nur größer, edler alles. Auch hier sind die Wände mit den Wiedergaben uralter Buchmalereien behangen: Flächen in leuchtenden Grundfarben, darüber fein konturierte Figuren, Engel, die im Himmelblau liegen, darunter ein König auf einem Thron, der mit großen Mandelaugen auf den Betrachter schaut und ihn an das Relief an der Museumskirche denken lässt; ein grelles Gelb in seinem Hintergrund und zu seinen Füßen, im purpurroten Raum Fabelwesen, die sich gegen das bluttriefende Schwert eines Ritters wehren; eingefasst die Szenerie mit filigranen Schmuckbändern aus schier endlosen Ornamenten. Vom Jenseits hat er eine andere Vorstellung: Es ist mitten unter uns. Hohe Ulmen stehen vor seinem Fenster und der Himmel dahinter ist jetzt nachtdunkel. Die Laternen, unten am Weg, scheinen bis auf seine Zimmerdecke und geben ihm genug Helligkeit. So knipst er seine Lampe aus und setzt sich aufs Bett und blickt hinaus. Windböen fahren zwischen die Äste der Ulmen: Eine grüne Wand vor seinem Fenster, die hin und her schaukelt. Ihr Rauschen ist ihm wie das Fließen der Mönchsgesänge in der Hotelhalle, schwillt an und schwillt ab, in großer Gelassenheit. Ein Foto von Susanne steht auf seinem Nachttisch. Es ist ihr letztes Porträt, von der Krankheit gezeichnet; lächelnd schaut sie ihn an. Er müsste es austauschen gegen seine Traumporträts! Er nimmt es in die Hand. Das sanfte Licht im Zimmer macht sie weich und jung. Sie wird ihm jetzt immer jung sein, denkt er, während er alt und älter wird. Er empfindet eine atemlose Nähe zu ihr. Er wird eine neue Beziehung mit ihr finden, wenn er sich gleich auf die Suche macht nach ihr, im Jenseits, in der Ewigkeit, die er im Hier und Jetzt erahnt. Wenn sie so viele Jahre, eng, wie „ein Herz und eine Seele", zusammen waren, muss es doch möglich werden, auf eine höhere Stufe ihres Zusammenseins zu steigen, in eine geistige Liebe, wiederholt er seine Gedanken aus der Sakristei, damit sie ihm Wirklichkeit werden. Dieses Foto wird er zur Erinnerung an seine Erinnerungen im Rahmen belassen. Aber er will ihr neues Gesicht finden. Er ahnt, wie sie jetzt aussieht: Vielleicht, wie sie ihm nach ihrem Weggehen im Traum erschienen ist, so schön und jung und Herz und Licht. Er wird es tiefer und tiefer erfahren, auf dem Weg zu ihr, und wird es einmal endgültig wissen, am Ende seines Wegs.

Ich bin doch unter euch,
Seht ihr mich nicht?
Bin ich so kälter euch geworden,
So weit entfernt schon mein Gesicht?

Legt eure Trauerkleidung ab,
Wischt euch die Nässe aus den Augen.
Schließt eure Lider, schaut mich an!

Ich kann euch noch für vieles taugen.

Bin so viel schöner euch geworden
Und hab mein Mädchenlächeln neu gefunden;
Hab auch mein krauses Pflasterkleid
In himmelblaue Seide eingebunden.

Ich habe längst schon abgewischt
Die blutig rote Färbung,
Und Sonnengold und Pflanzengrün
Und Abendrot mir aufgelegt,
Das mir so steht - hast du gesagt.

In lichten Farben seht ihr mich
Einhergehen leicht im Himmelslicht.

Die Nachtkühle dringt ins Zimmer, nach diesem trockenheißen Tag, so angenehm! Er streckt sich aufs Bett
aus. Er spürt jeden Muskel seines Körpers. Seine Lider
liegen schwer auf seinen Augen. Er hört dem Blätterrau-
schen zu: ein Wasserfall vor seinem Fenster. In seinem
Zimmer im Kloster hatte er immer vorm Einschlafen dem
Wind gelauscht, wie er sich am Fensterladen und an der
Hausecke zu schaffen machte. Ab heute soll ihn dieses
lebendige Rauschen der Ulmen begleiten; der Windjam-
mer an der Hausecke des Klosters war gestern. Er denkt
an die Frau vom Fluss. Er sieht sie vor sich, wie sie in

ihrem hellen Kleid mit angezogenen Beinen am Ufer sitzt und ihr Gesicht zu ihm hält, dass er nicht erkennen kann, und er sieht sie in diesem Glaskubus schweben. Er glaubt an eine Welt des Geistes, aber nicht an Gespenster. Er findet keine Erklärung für ihr Erscheinen und noch viel weniger, für ihr spurloses Verschwinden und seine Erregung. Er wird ja jetzt lange im Ort bleiben. Da kann er jeden Tag zum Fluss hinunter gehen. Vielleicht findet er eine Antwort?

Er darf nicht einschlafen. Er zwingt sich aufzustehen und richtet sich fürs Abendessen. Viel hat er nicht zu richten. Er will sich nicht an die Episoden seiner Luxusrestaurants erinnern lassen und behält die Kleidung an, die er den ganzen Tag getragen hat, im Kaffee- und Zigarettendunst, im Erdstaub auf dem Feld, im Modergeruch des Friedhofs, im würzigen Duft der Morgenstraße und im Weihrauch der Kirche. Zum ersten Mal, seit langer Zeit, verspürt er Appetit und Lust auf ein gepflegtes Mahl: Forellen, direkt vom Fluss hier, sind die Spezialität des Hauses, überlegt er, aber das ist ihm zu viel Tier auf dem Teller, zumal er sie vor kurzem noch bewundert hat, wie sie nach den Fliegen überm Wasser sprangen. Er wird sich eine vielfältige Auswahl an Beilagen zusammenstellen lassen und Früchte zum Dessert und Süßes, Cremiges. Er darf nicht im Refektorium essen. Das ist Vergangenheit. Das muss er der Empfangsdame sagen. Es gibt auch ein modernes Restaurant unter dem Dachgebälk; dort wird er heute besser aufgehoben sein.

Er bürstet seine Kleidung ab und seine Schuhe, die mit einer dicken Staubschicht bedeckt sind. Er fragt sich, wo ihn dieser Staub befallen haben könnte. Auf seinem kurzen Abstecher in die Ebene? Auf der Geröllhalde im Friedhof? Vom Grasteppich am Fluss wären sie doch blank gewischt worden. Vom Weg durch den Erlenhain? Vorm Spiegel hält er sich nicht lang auf; diesen Frust will er sich jetzt nicht antun. Sicher ist sein Gesicht gezeichnet vom Fasten, vom Tag und seinen schweren Gedanken. Er trinkt ein paar Schlucke Wasser, aus der Leitung; es riecht nach Chlor. Er fühlt die Kälte in seinen leeren Magen fallen. In seiner Reisetasche findet er noch ein paar alte Kekse. Im Wohnzimmer der Frau Elena hatte er nicht gewagt, ihre Kekse zu essen, so aufgeregt wie er damals gewesen war. Jetzt zerbröselt er sie in seinem Mund, während er den Söhnen eine SMS schreibt: gleicher Text, beiden. Er teilt ihnen mit, dass alles in Ordnung ist, kurz. Er vermutet sie jetzt in ihrem zu Hause. Wenn sie verreisen, erfährt er das. Sie wissen auch von ihm, wo er sich aufhält. Er hat ihnen nicht gesagt, wie lang er hierbleiben wird. Er wusste es selbst nicht und weiß es jetzt noch weniger; auf unbestimmte Zeit hat er sich vorgenommen. Jetzt ist er hier; alles andere wird sich ergeben. Er nimmt das Foto vom Nachttisch und streicht

mit den Fingern über ihr Gesicht und die vom Wind auf-
geblähten Haare und flüstert:

„Alles wird gut werden. Wir werden uns wiedersehen
und vorher, bald schon, können wir zusammen sein". Ihre
Redensart, denkt er, „Alles wird gut werden", die hat er
sich jetzt angeeignet, ihr unerschütterliches Vertrauen, ihren kindlichen Glauben, von ihren Pflanzen abgeschaut,
an Mächte, die alles zum Guten richten: Kindlich und un-
schuldig.

Dann schließt er die zwei Flügel der Balkontür. Die
schweren Storen verheddern sich an den hohen Fenster-
rahmen und er hat Mühe, sie freizuschütteln; diese Akro-
batik strengt ihn an; es war ein langer Tag, stellt er fest.
Er löscht die Deckenlampe und das Licht im Bad und im
Gang und weiß, er hat etwas vergessen; er steht im Dunkeln an der Tür und überlegt. Dann schaltet er die Beleuchtung im Zimmer wieder ein und schaut sich um. Es
ist kühl geworden hier. die Erfrischung war nur am Anfang; er fröstelt, den ganzen Tag der heißen Sonne und
dem frischen Ost ausgesetzt! Wahrscheinlich hat er einen
Sonnenbrand im Gesicht abbekommen! Das Telefon! Er
hat es auf dem Fernsehtischchen liegenlassen. Er steckt
das Gerät ein und verlässt die Räume. Obwohl er das Gerät nicht oft benutzt, ist es ihm ein ständiger Begleiter geworden, eine Verbindung zur Außenwelt, von der er sich

mehr und mehr entfernt hat, das fühlt er in diesem Moment; aber auch das wird sich ändern! Im Gang, vor seiner Zimmertür, ist eine dumpfe, warme Luft und zarter Parfümgeruch. Die gelben Wandleuchten, die roten Tapeten, zusammen mit der dunklen Holzbalkendecke, hüllen ihn ein. Er spürt die Tageswanderung in den Füßen und in den Muskeln, und seinen hohlen Magen fühlt er. Er freut sich auf ein Essen, das ihm serviert werden wird. Andere Gäste werden um ihn sitzen. Gedämpfte Stimmung um ihn! Ausklang des Tages, nicht allein! Das Surren seines Mobiltelefons holt ihn aus seinen Gedanken:

„Hallo!"

„Peter, bist du das?"

Eine Frauenstimme!

„Ja, wer spricht?"

„Anna, ich bin Anna, weißt du noch?"

„Anna", schreit er, „natürlich weiß ich noch!"

„Manuela, die Aufsicht vom Museum gab mir deine Nummer, das heißt, über eine Freundin. Du hast mit ihr gesprochen, im Museum heute. Nicht wahr?"

„Ja, ja, ach Anna, Anna, wie schön!"

Er muss sich setzen und sucht, mit den Augen, auf dem Gang eine Sitzmöglichkeit: dort, in diesem Ledersessel, unter der Wandleuchte!

„Hallo, Peter, bist du noch da?"

„Ja, Anna, ich bin noch da, ich bin ja so da!"